Klaus Blume Das Geheimnis von Leuna

Klaus Blume, geboren 1940, beschäftigt sich seit 1964 journalistisch mit Korruption und Doping. Er schrieb für *Die Welt,* FAZ und *Sport* BILD, seine Artikel erschienen auch in der SZ, ZEIT, NZZ, im *Spiegel, Focus* und *Stern.* Für seine fünfunddreißigjährige Berichterstattung über die Tour de France wurde er mit der Ehrenmedaille der ASO ausgezeichnet. Seit 1977 ist er zudem für den ARD-Hörfunk tätig. Klaus Blume ist Autor zahlreicher Sachbücher, zuletzt *Die Dopingrepublik* (2012) und *Tatort Fankurve* (2013). *Das Geheimnis von Leuna* ist sein erster Kriminalroman.

Klaus Blume

Das Geheimnis von Leuna

Ein Saale-Krimi

Bild und Heimat

ISBN 978-3-95958-043-4

1. Auflage

Umschlaggestaltung: fuxbux, Berlin
Umschlagabbildung: fotolia / wkbilder
Druck und Bindung: GGP Media GmbH, Pößneck

Ein Verlagsverzeichnis schicken wir Ihnen gern:
BEBUG mbH / Verlag Bild und Heimat
Alexanderstr. 1
10178 Berlin
Tel. 030 / 206 109 – 0

www.bild-und-heimat.de

Prolog

Kolja war tot. Das stand zwar nicht in der Zeitung, doch alle, die mit ihm zu tun gehabt hatten, wussten es. Auch der Ort seines Begräbnisses war allen bekannt, denen Kolja dreißig Jahre lang den Weg geebnet und gesichert hatte. Als er noch unantastbar schien, damals als General in Ostberlin. Nicht in seinem eigenen Ministerium, nicht einmal im Politbüro. Kolja, angreifbar? Ja, wie denn? Kolja hatte es zwar in der DDR bis zum Geheimdienstgeneral gebracht, doch für einen Pass des ersten deutschen Arbeiter-und-Bauern-Staates hatte es nie gereicht. Kolja war, nach seiner Rückkehr 1946 aus Moskau, stets sowjetischer Staatsbürger geblieben – ein Russe, inmitten des ostdeutschen SED-Politbüros.

Und seine Vertrauten? Auf sie konnte er sich sogar noch über den Tod hinaus verlassen. Hatten sie ihm doch ihr Leben zu verdanken. Wie selbstverständlich brach deshalb auch der Apotheker Maurice Hirschinger aus seinem sonnigen französischen Exil ins neblige märkische Altwriezen auf, einem Kaff im kaum noch bewohnten Oderbruch. Irgendwo im pommerschen Niemandsland. Dorthin hatte sich Generaloberst Nikolai »Kolja« Sylbern zu DDR-Zeiten stets dann zurückgezogen, wenn er einmal nicht der Genosse General, sondern einfach nur »Kolja« sein wollte. Auf seinen kleinen Bauernhof, hinter dem stets verschlossenen schmucklosen Tor; kaum erkennbar, obwohl an der Hauptstraße gelegen. Nur einen Steinwurf von der gegenüberliegenden Kirche entfernt.

Über sie und ihren Pastor, über die schlitzohrige Haushälterin und den hüftsteifen Küster, über die asthmatische Buchhalterin und den beinamputierten Organisten hatte der überzeugte Atheist Kolja Sylbern stets seine schützende Hand gehalten. Ohne dass es auffiel, wie er jahrzehntelang gehofft hatte.

Dort drüben, gegenüber seinem Bauernhof, wollte Kolja einmal begraben werden, zwischen der Sakristei und dem modrigen Oderufer. So hatte er es dem Pastor anvertraut. Es sollte ein Begräbnis werden ohne die Genossen vom Politbüro, vor allem aber ohne jene aus dem Ministerium für Staatssicherheit. Stattdessen hatte sich Kolja eine Beerdigung inmitten jener »Familie« gewünscht, zu der er zwar keine verwandtschaftlichen Bindungen besaß, zu der aber jene Wissenschaftler gehörten, die er mitsamt ihren vertraulichen Projekten vor seinem eigenen Geheimdienst beschützt hatte. Jahrzehntelang. Und deren blitzschnelles spurloses Abtauchen, gleich in den ersten Tagen nach dem Mauerfall 1989, er umsichtig geplant hatte. Ebenfalls jahrzehntelang. Denen er aber selbst nie nach China oder ins westliche Ausland gefolgt war.

Jetzt war Kolja tot, und nur er hatte gewusst, wer weshalb und mit wem wohin verschwunden war. Was derjenige dort, wo er nun lebte, tat und warum; wie er jetzt hieß, wie er lebte und ob er überhaupt noch am Leben war. Und falls nicht, ob er eines natürlichen Todes gestorben oder ob es ein sogenannter berufsmäßiger Abgang gewesen war.

Maurice Hirschinger überlegte: Kolja, angeblich schon in den 1940er Jahren sowjetischer, aber zu keiner Zeit DDR-Bürger, war nach dem Mauerfall offenbar zwischen seiner russischen Wahlheimat, einem Kloster in Nischni Nowgorod, und seinem Resthof im Oderbruch hin- und hergependelt. Hatte mal hier, mal dort gelebt. Das mussten all jene geduldet haben, die nun das Sagen hatten. Ob in Moskau oder in Berlin. Sonst wäre das gar nicht möglich gewesen. Vielleicht hatten ihn die neuen Herren sogar hofiert? Alle diese Kriegsgewinnler, wie Kolja sie nannte.

Warum sollte Hirschinger diesen Mann also nicht zu Grabe tragen? Oder jedenfalls zugegen sein, wenn es andere taten. Doch wie sollte er sich auf dieser Stippvisite in die eigene Vergangenheit verhalten? Auf keinen Fall auffallen, sich aber dennoch umschauen; sich merken, welcher der alten Genossen sonst noch in Altwriezen auftauchte. Wer aus den weltumspannenden Pharmakonzernen sich aus seiner sicheren Deckung wagen würde. Wer aus dem südamerikanischen Exil. Wer käme aus seinem Pekinger Labor herbeigeflogen? Oder wer tauchte gar von den sieben Bergen im abgeschotteten Nordkorea im Oderbruch auf?

Hirschinger war mit dem Zug in den Oderbruch gekommen. Nicht einmal einen Leihwagen hatte er sich in Berlin genommen. Nur keine Spuren hinterlassen. Aber vielleicht machte er sich auch unnötige Sorgen, versuchte er sich zu beruhigen. Denn wer sollte ihn schon wiedererkennen? Vor allem auf den ersten Blick? Schon 1989 hatte er sich in den USA ein völlig anderes Gesicht verpassen lassen. Bei einem erstklassigen plastischen Chirurgen. Er habe jetzt ein sehr französisches Aussehen, hatte dieser Amerikaner behauptet. Hirschinger hatte sich deshalb auch eine andere Gestik antrainiert, andere Manieren zugelegt. Sie waren ihm in Fleisch und Blut übergegangen. So als seien es seine eigenen. Trotzdem kamen ihm Zweifel. Reichte das auch, um die früheren MfS-Spezialisten zu täuschen? Sie alle waren schließlich Profis.

Sicher, Gestik, Mimik, Sprachrhythmus – das alles hatte er verändert, das alles war ihm in all den Jahren zur zweiten Natur geworden, doch irgendetwas würde von früher noch übrig geblieben sein. Irgendeine Winzigkeit, die ausreichen könnte, ihn zu enttarnen.

So wie Hirschinger dachten wohl an die hundertfünfzig Trauergäste, die sich zwischen bemoosten Grabsteinen, wuchtigen

Ulmen und ausladenden Trauerweiden um Koljas letzte Ruhestätte scharten.

Was Hirschinger ganz und gar irritierte. Er hatte allenfalls eine Handvoll Getreue erwartet, nicht aber diesen Massenauflauf. Doch nun steckte er mittendrin, und da hieß es, die Augen offen halten. Dort, rechts neben dem stählernen Engel am Hauptweg, war das nicht Petzold, genannt das »Riesenarschloch«? Genosse Nationalpreisträger Professor Dr. Dr. Josef-Hermann Petzold? Das Gesicht schien unverändert, nur eben um fünfundzwanzig Jahre gealtert. Aber warum trat er im Habitus eines gottesfürchtigen Juden auf? Ekelhaft, dieser Zynismus, dachte Hirschinger. Hattest du Schwein dein mörderisches Handwerk nicht einst bei den Nazis gelernt? Von der Pike auf, wie du ungeniert vor uns geprahlt hast. Um im ersten deutschen Arbeiter-und-Bauern-Staat medizinische Versuche an ahnungslosen Patienten durchzuführen. Du warst der Skrupelloseste von uns. Ob deine Sponsoren aus der Schweiz oder den USA jemals danach gefragt haben? Dich oder Kolja?

»Es ist Petzold. Er heißt jetzt Moishe Mejir und forscht für den Staat Israel. In Jerusalem hochdekoriert. Und wer alimentiert dich, Moritz?«

Hirschinger drehte sich erschrocken um und blickte in ein blasses pickliges Gesicht, das den DDR-Weinbrand Wilthener Goldkrone ausdünstete.

»Ich«, stammelte Hirschinger, »ich verdiene meinen Unterhalt mit meiner Apotheke in …« Doch da war der Mann mit der Weinbrand-Fahne schon weitergeflogen. Hirschingers Augen suchten ihn, doch sie blieben nur an einem braunen Setter hängen. Der Hund trottete mit gesenktem Kopf auf ihn zu und rieb seine Schnauze an seinem rechten Hosenbein. Das kann aber jetzt wirklich nur ein Zufall sein, schoss es Hirschinger durch den Kopf. Denn dieser Hund erinnerte ihn an seinen Setter Ajax vor dreißig Jahren. Damals, als er offiziell und hochangesehen – für die Leopoldina in Halle forschte und Fachaufsätze in aller Welt veröffentlichte; inoffiziell aber, in Koljas Auftrag, mit seinen Forschungen in den damaligen Leuna-Werken vergeblich versucht hatte, die natürlichen, die angeborenen Leistungsgrenzen des Menschen zu überschreiten. »Der sozialistische Mensch muss allen anderen überlegen sein, das gilt es zu beweisen, Moritz«, hatte Kolja gefordert. Jahraus, jahrein verlangte er Hirschinger dieses aberwitzige Glaubensbekenntnis ab. Dabei wusste doch gerade Hirschinger, der Biochemiker und Krebsforscher, dass die Erfüllung dieser Forderung unmöglich war. Warum sollte gerade er die Quadratur des Kreises beweisen? Er tätschelte dem braunen Setter den Kopf, kraulte ihn – gedankenverloren – hinter dem linken Ohr. So wie er es vor dreißig Jahren bei Ajax getan hatte.

Was war Wirklichkeit, was Inszenierung? Standen an diesem verschlammten Teich – genau ihm gegenüber – nicht zwei vornehme ältere Herren, die so gar nicht auf diesen verwahrlosten Friedhof zu passen schienen? Na klar, erinnerte er sich, sie waren es: der Schweizer Pierre d'Abergues und der Berliner Professor Leopold Habermann. Er hatte sie nicht nur einmal im *Hugenotten* bewirtet, in Halles »französischem« Haus. Es ging schließlich um Forschungsaufträge für Leuna, dafür musste er immer mal wieder besonders tief in die volkseigene Tasche greifen. Sollte er hinübergehen und beiden deren eigenen Leitsatz zuflüstern: »Der Tugendhafte begnügt sich, von dem zu träumen, was der Böse im Leben verwirklicht.«

»Lass das lieber bleiben, sie erkennen dich sowieso nicht«, hauchte ihn die blubbernde Weinbrand-Stimme von eben an.

An wen nur erinnerte ihn dieser gutturale Bariton?

»Simon?« Hirschingers Gehirn ratterte im Akkord.

»Du hast mich an Ajax erkannt, nicht wahr?« Das käsige Gesicht verrutschte zu einem schiefen Grinsen.

»Wie denn?« Hirschinger schüttelte den Kopf. »Der lebt doch schon lange nicht mehr.«

Doch die Weinbrand-Stimme war schon wieder weitergeflogen. Nur Ajax rieb immer noch den Kopf an seinem rechten Knie.

Woran hatte ihn die Weinbrand-Stimme erkannt? Wieso hatte er ihn mit seinem deutschen Vornamen angeredet, ihn, Docteur Maurice Hirschinger aus dem südfranzösischen Albi? Hirschinger geriet in Panik. Gehörte diese Stimme wirklich zu Simon? Zu jenem Simon Reinhard, der vor niemandem in die Knie gegangen war. Der sich von nichts und niemandem verbiegen ließ. So war er jedenfalls früher aufgetreten. Hirschinger dachte nach: Ja, Simon war ein hochbegabter Biologe, zudem ein fantastischer Arzt und ein leidenschaftlicher Forscher – jedenfalls damals. Er hätte es, unter Koljas Schutzschild und im Dienste der DDR, weit bringen können. Sehr weit! Doch er machte keine Kompromisse.

Selbst Simons Liebe zu Karla Lieberknecht, einem damals ebenso umjubelten wie hochdekorierten Volleyball-Star, vermochte ihn nicht an Koljas Reich zu binden. Auch als Karla, die damals freilich noch anders hieß, kurz vor dem Mauerfall, noch schnell unter Hirschingers Bettdecke gekrochen war, kroch Simon nicht zu Kreuze. Im Gegenteil, Simon feierte drei Tage und vier Nächte lang seine ganz persönliche Freiheit – ganz allein, mit drei Flaschen Wilthener Goldkrone – und machte sich danach aus dem Staub. Forschung ade! Nicht in den Westen, sondern in den menschenleeren Nordosten, um – mal in der einen, mal in der anderen Kirche – Orgel zu spielen. Für ein Bett in irgendeiner Nische und ein warmes Mittagessen.

Woran aber hatte Simon ihn erkannt? Kolja hätte es sofort beantworten können. Kolja hätte auch gewusst, was es mit dem Grauhaarigen auf sich hatte, der im leicht französischen Tonfall auf Pastor Neumann einredete. Was wollte dieser Trauergast denn wissen? Woher kam er überhaupt? Und was hatte es mit jenem eleganten Paar auf sich, das sich auf diesem verlotterten und verschlammten Friedhof nur verirrt zu haben schien, jedoch d'Abergues und Habermann mehr als nur höflich zunickte. So, wie man eigentlich nur lieben alten Bekannten zunickt. Das alles ergibt doch keinen Sinn! Aber noch unsicherer machte es Hirschinger, dass sowohl der Grauhaarige mit dem französischen Akzent als auch das elegante Paar ihn zu beobachten schienen – und zwar so beiläufig, dass es schon wieder professionell wirkte. Jedenfalls auf einen Profi wie ihn. Du siehst Gespenster, wo keine sind, rief sich Hirschinger zur Ordnung. War auch nötig, denn sogar die schlanke, noch sehr junge Frau im dunkelblauen Business-Anzug hatte seinen Pulsschlag schneller schlagen lassen. Was hatte sie hier verloren? Sie konnte doch, schon wegen ihrer Jugend, nie und nimmer zu Koljas innerem Zirkel gehört haben. Woher wusste sie also von dieser Trauerfeier? Er schaute ihr nach: Sah dieses Mädchen nicht Sarah verblüffend ähnlich? Seiner Sarah? Was war wohl aus ihr geworden? Lebte sie immer noch in Berlin, in dieser riesigen zugigen Wohnung, an der ehemaligen Stalinallee?

»Wie sich die Bilder gleichen«, hauchte ihn just in diesem Augenblick die Wilthener Goldkrone an, und Ajax rieb seine feuchte Setter-Schnauze erneut an seinem rechten Knie. Wie aus dem Nichts waren beide auf einmal neben ihm aufgetaucht.

»Was ist aus Sarah geworden?«, flüsterte Hirschinger in Simons aufgedunsenes Gesicht.

»Frag doch Petzold.« Ausgerechnet Petzold? »Vielleicht ist Sarah ihm in Tel Aviv ja mal über den Weg gelaufen. So viele ehemalige DDR-Bürger gibt's dort doch nicht.«

Hirschinger starrte ihn achselzuckend an, wollte etwas fragen, doch Simon war schon – unter seinen Achselhöhlen hinweg – abgetaucht. Nur Ajax rieb seine feuchte Hundeschnauze an seinem rechten Knie. Erst jetzt bemerkte Hirschinger das rotweiße Palästinensertuch, das er anstelle eines Halsbandes trug.

»Neumann, ich bin Pastor Neumann«, sagte in dem Moment eine feste sonore Stimme, direkt vor ihm.

Hirschinger blickte in ein uraltes Totenkopfgesicht, dessen wässrig schimmernde blaue Augen schon seit langer Zeit erloschen schienen.

»Hirschinger, sehr angenehm«, antwortete er, peinlich darauf bedacht, lothringisch-französisch zu klingen.

Der Totenkopf nickte nachsichtig, als sei ihm dieser Name nur allzu geläufig. Dann fragte er, sich dabei zurücknehmend: »Sie kannten den Verblichenen schon, als er noch unter uns weilte?«

Hirschinger verneinte und murmelte etwas von seiner verstorbenen Frau, deretwegen er hier sei.

»Ja, ja, die Toten.« Neumann nickte. »Sie können in der Kirche mit uns die Messe feiern, das tröstet Sie vielleicht ein wenig. Simon stimmt schon die Orgel an.«

Als der letzte Ton verklungen war, erhob sich Simon hinter seiner schützenden Balustrade: »In unserer Bahnhofsgaststätte haben wir ein pommersches Büfett herrichten lassen. Kolja lädt Sie alle dazu ein – posthum, versteht sich.«

Hirschinger blickte auf seine Uhr. Gott sei Dank blieb ihm nur wenig Zeit, wenn er seinen Zug nach Berlin nicht verpassen wollte. Doch gerade in dem Moment lauerte ihm an der einzigen freien Ecke des Büfetts ausgerechnet jener Mann auf, dem er eigentlich nicht begegnen wollte. Dort, wo Matjesfilets neben knusprigem Bauernbrot, frischer Butter und einigen Flaschen schwedischen Elchschnapses die Trauergäste besonders anlockten. Dort lehnte auch Tom Wegelius am Büfett, der Mann mit dem französischen Singsang.

»Also wirklich wie bei Kolja zu Hause, nicht wahr?«, sagte er redselig zu Hirschinger.

In Hirschinger blitzten alle Signallampen auf einmal auf: Dieser Mann wollte doch etwas von ihm? War er von irgendeinem Geheimdienst auf ihn angesetzt? Oder von irgendeiner Familie, die mit ihm noch eine alte Rechnung zu begleichen hatte? Hirschingers Gehirn funktionierte auf einmal wieder wie ein Computer: Auf keinen Fall ins Deutsche verfallen!

Er könne das leider nicht bestätigen, antwortete Hirschinger bedauernd. Er sei ja nie bei Kolja daheim eingeladen gewesen und nur wegen seiner verstorbenen Frau zu dieser Beerdigung gekommen. Womit er – lässig mit französischem Akzent parlierend – wiederholte, was er zuvor auch schon dem Pfarrer vorgelogen hatte.

Nur weg von hier – und lieber draußen auf dem Bahnsteig im Regen frieren. Doch dort fröstelte schon das elegante Paar, das ihn auf dem Friedhof beobachtet hatte. Damit hatte er nicht gerechnet. Allenfalls mit Simon, doch der ließ sich weit und breit nicht mehr blicken. Dennoch ließ sich Hirschinger seine Überraschung nicht anmerken, sondern nickte den beiden höflich zu. Seinen lothringisch-französischen Tonfall hatte er jetzt wieder voll drauf. Würde ihn jetzt jemand ansprechen, würde sich Docteur Maurice Hirschinger aus Albi auf keinen Fall wieder in Professor Moritz-Maria Hirsch aus Halle an der Saale verwandeln.

Hirschinger nickte dem eleganten Paar noch einmal freundlich zu und stieg in seinen Zug nach Berlin. In knapp fünf Stunden würde er in Toulouse landen, wo Karla auf ihn wartete. Ende gut, alles gut? Karla wartete vergeblich. Als Hirschinger im Zug nach Berlin saß, der weiter über Halle und Leipzig nach Dresden fuhr, beschlich ihn ein angenehmes Gefühl. Spürte er doch, dass er in den letzten Stunden ins Visier einiger Schurken geraten war, doch niemand hatte irgendeine Bemerkung über sein früheres Leben in der DDR gemacht. In Südfrankreich waren sie ihm auf die Spur gekommen. Doch hier, in der Heimat? Als der Zug im Berliner Hauptbahnhof wieder anfuhr, blieb Hirschinger einfach sitzen – bis zum nächsten Halt, in Halle an der Saale.

I

Es war einer jener typischen halleschen Sonntage. Trist und grau. Der Spätsommer schien mit Macht zum Herbst reifen zu wollen. Es regnete seit gefühlten hundert Stunden, und über dem Hallmarkt lastete jene lähmende Stille, die Tom Wegelius noch hinter den hohen Fenstern seines Arbeitszimmers deutlich zu spüren glaubte. Zwar bemühte er sich schon seit Stunden um eiserne Konzentration, doch das meiste über die seit zwanzig Jahren verschüttete Leuna-Affäre las er, ohne deren wirkliche Tragweite zu begreifen: Siebenundvierzig Millionen Euro Schwarzgelder. Addierte er aus den ersten Akten zusammen. Mindestens sechs spurlos verschwundene Aktenbände bei Helmut Kohls Amtsübergabe an Gerhard Schröder. Wie kann so etwas passieren? War der überwiegende Teil geschreddert worden, oder woanders versteckt? In einer anderen Akte stand sogar etwas von achtzig Millionen Euro an Schmiergeldern. Dürfte auch noch zu wenig sein, dachte Tom und blätterte und blätterte. Das Kriminalgericht von Paris hatte am 12. November 2003 sogar von dreihundertfünf Millionen Euro Schmiergeldern gesprochen. Auffällig, dachte er, ist ja wohl vor allem die Unauffälligkeit, mit der diese Akten einst zu den Akten gelegt wurden. Unvollständige Akten? Unwichtige Aufzeichnungen?

Aber Tom Wegelius vermochte nicht, sich zu konzentrieren. Auch nicht auf die wahnwitzig anmutenden Aufzeichnungen der Richterin Eva Joly, die in Paris sechs Jahre lang unter Polizeischutz gestanden hatte, vierundzwanzig Stunden am Tag. Hatte man sie in der Leuna-Affäre wirklich be- oder eigentlich überwacht? Doch Wegelius konnte sich einfach nicht konzentrieren. Irgendetwas in seinem Körper setzte ihm zu. Was hatte er eigentlich am Abend zuvor gegessen? Einen leckeren »Hellas-Teller« beim Griechen in der Nähe des Marktes. Doch jetzt verkrampfte sich sein Magen. Mittlerweile kolikartig. In immer kürzeren Abständen. Tom hielt sich am Schreibtisch fest, was ihm gar nicht so leicht fiel, weil sich dieser plötzlich um ihn zu drehen begann. Tom wählte – sich mit der linken Hand an der Schreibtischkante festkrallend – die Rufnummer des ärztlichen Notdienstes.

Nur zwanzig Minuten später befand er sich in der Notaufnahme des Bergmannstrost, eines Krankenhauses aus dem Jahr 1824.

»Ihre Gallenblase macht Sperenzien«, erklärte ihm ein betagter Arzt, der wohl schon bei Gründung des Bergmannstrost behandelt und geheilt zu haben schien. »Thomas Wegelius, ein komischer Name«, wunderte sich Dr. Henrixdorff, dann studierte er die Unterlagen des neuen Patienten: »Sie kommen also aus Belgien. Seit wann heißt man denn dort so?«

Wegelius' Lebensgeister schienen langsam wieder zu erwachen: »Weiß ich nicht. Vielleicht seit dem Dreißigjährigen Krieg, als die Schweden womöglich auch Flandern geplündert haben.« Tom spürte, wie er immer besser in Form kam und ging sogar zum Gegenangriff über: »Ihr Name, Herr Doktor, klingt ja auch eher dänisch als deutsch.«

Henrixdorff lächelte.

»In den deutsch-dänischen Kriegen sollen unsere Familien sogar gegeneinander gekämpft haben. Irgendwann hat es einen Familienteil an die Saale getrieben. Doch was treibt einen Belgier ausgerechnet nach Halle?«, fragte der Arzt.

»Leuna«, antwortete Wegelius knapp und bewusst schmallippig.

»Darüber müssen Sie mir unbedingt Näheres berichten«, hakte Henrixdorff nach. »Denn wir Außenstehenden denken ja, die Sache hat sich längst von allein erledigt. Zumindest, nachdem der Hauptangeklagte, wie ich mich zu erinnern glaube, vor etwa zehn Jahren an Herzversagen gestorben sein soll. In welchem Hotel sind Sie eigentlich untergekommen?«

Tom hätte jetzt eigentlich schweigen sollen, doch stattdessen wurde er immer redseliger; vielleicht wirkten jetzt die Beruhigungsmittel, die ihm Henrixdorff verabreicht hatte. »In gar keinem. Ich habe eine Wohnung gemietet. In einem alten Haus am Hallmarkt, mitten in der Altstadt.«

Am nächsten Tag stiefelte Wegelius mit einem langen Rezept von Dr. Henrixdorff in der Jackentasche in die Paracelsus-Apotheke am Markt. Er sah sich in dem uralten Verkaufsraum um. Staunenden Blickes. Wie oft hatte er hier früher, als Junge, Rezepte für seine längst verstorbene Mutter eingelöst. Manchmal Tag für Tag. Tom glaubte seinen Augen nicht zu trauen. Nichts schien sich verändert zu haben: weder die alten Holzpaneele und erst recht nicht die sicher unermesslich wertvoll gewordenen Delfter Kacheln. Historische Zeugnisse längst vergessener Zeiten. An jenem breiten Tresen, an dem zuvor schon Generationen von Apothekern ihre Kunden beraten hatten, stand jetzt eine hochgewachsene Frau von vielleicht sechzig Jahren. Fülliges schwarzes Haar umrahmte ein ebenmäßiges kluges Gesicht. Ein markantes Gesicht, das sich jedem Kunden einprägte. Beim Hinausgehen blieb Toms Blick an einem kleinen weißen Schild an der Eingangstür hängen. Inhaber: Dr. Moritz Hirschinger. Er stutzte. Warum kommt mir dieser Name bekannt vor? Doch es wollte ihm partout nicht einfallen.

Von dort zog es ihn in den wunderschönen Laden in der Kleinen Klausstraße. Dort, wo es, wie im Schlemmer-Paradies Rob in

Brüssel, beinahe alles gab, was der Feinschmecker begehrte. Und Tom suchte ja etwas ganz Besonderes für das Abendessen, zu dem er Dr. Henrixdorff eingeladen hatte. Er freute sich darauf, denn irgendwie kam ihm dieser alte Arzt wie ein wandelndes Lexikon der Saale-Landschaft vor. Er mochte sich täuschen, beruhte sein Eindruck doch nur auf seinen Beobachtungen und dem kurzen Gespräch mit dem Internisten. Doch weil er ohnehin niemanden saaleabwärts – von Halle bis Jena – kannte, schien es ihm nicht verkehrt, endlich jemanden kennenzulernen. Und was eignete sich dafür besser als ein gemeinsames Abendessen? Nicht in einem Restaurant, sondern daheim – ganz privat.

Also los. Tom erstand zuerst roten Friséesalat und ein dunkles Roggenbaguette. Danach, für die Vorspeise, zwei riesige Champignons, eine Packung grüne Tagliatelle, Speck, etwas Crème fraîche und viel frische Petersilie. Für die Hauptspeise hatte er sich beim Fleischer an der Ecke ein Kaninchen in sechs Teile zerlegen lassen. Danach wollte er Camembert mit Friséesalat anbieten. Zum Rotwein und zum guten Gespräch unter Männern. So, nun zum Wein, dachte Tom: zu den Champignons mit der grünen Pasta zog er einen frischen Sauvignon Blanc von der Unstrut aus dem Regal, zum Kaninchen zwei Flaschen eines fruchtigen Barbaresco aus dem Piemont. Voilà, der Abend konnte beginnen. Tom eilte nach Hause und freute sich darauf, Dr. Henrixdorff mit einem Kaninchengericht zu überraschen, das – bis auf die französische Senf-Sauce – zu Weihnachten 1984 in der DDR-Krimiserie »Polizeiruf 110« Furore gemacht und seinerzeit viele Nachkocher gefunden hatte.

Damals hatte der 1994 verstorbene einst überaus populäre Schauspieler Peter Borgelt, alias Oberleutnant Fuchs, seine Kaninchenteile kurzangebraten, dann Porree, Möhren und Sellerie zugefügt und alles zusammen in den Backofen geschoben. Tom aber, der die belgische Küche über viele Jahre verinnerlicht hatte, gab noch drei Knoblauchzehen dazu, dann den angerösteten mageren Speck – und einen Viertelliter kräftigen Rotwein. Voilà! Der Rest war schnell gemacht: Zwanzig Minuten vor dem Servieren zwei Handvoll kleine Kartoffeln zugeben und dann alles nur noch warm halten. Für die Vorspeise die Champignons mit dem Speck kurz in der Pfanne braten; die Sauce für den Salat anrühren, das Brot in kleine Scheiben schneiden und Butter bereitstellen.

Als Tom am späten Abend mit Henrixdorff bei Käse und Rotwein saß und aus den Lautsprechern leise Ragna Schirner mit ihren Händel-Interpretationen am Klavier erklang, stellte er – ohne Vorgeplänkel – die Frage:

»Haben Sie eigentlich zu DDR-Zeiten auch Leuna-Arbeiter behandelt? Solche, die durch ihre Arbeit krank geworden waren?« Wegelius spürte, wie sich der Zauber des Privaten im Nu verflüchtigte.

»Was soll's? Sie kriegen es ja ohnehin heraus«, sagte Henrixdorff schroff. »Also, 1970 gab es in Buna eine Explosion mit Brandfolgen. 1971 in den Leuna-Werken eine schwere Explosion der Öldruckvergasung mit siebenundsechzig Verletzten. Und drüben in Bitterfeld war auch immer die Hölle los. Aber eine große Anzahl der Arbeiter war ja zwangsrekrutiert, bestand aus Häftlingen und sogenannten Bausoldaten.«

Tom schenkte Wein nach.

»Aber heute ist ja – Gott sei Dank – alles viel besser geworden«, sagte er beruhigend.

»Bis auf den Mord, der mir heute Abend noch gemeldet wurde. Frau Dr. Silhava ist auf ihrem Heimweg auf rätselhafte Weise vom Leben zum Tode befördert worden.« Dr. Henrixdorff sah ihn misstrauisch an.

»Eine Kollegin von Ihnen?«, hakte Wegelius nach.

»Fast«, antwortete Henrixdorff beinahe tonlos. »Doktor Silhava hat die Paracelsus-Apotheke auch in jenen Zeiten hervorragend geführt, als es mit Medikamenten bei uns nicht immer zum Besten stand. Trotzdem wusste sie immer Rat.«

»Was genau ist der Frau denn passiert? Ich war erst heute dort und habe Ihr Rezept eingelöst. Wissen Sie Näheres über die Todesumstände?« In Tom erwachte sein Journalisteninstinkt.

»Ich sagte doch schon, dass ihr Tod Rätsel aufgibt. Mehr weiß ich nicht«, erwiderte Henrixdorff.

Tom schenkte nochmals Wein nach.

»Sagen Sie, Herr Doktor, wenn es in den Leuna-Werken, und, wie Sie erzählen, auch in Bitterfeld, schlimme Betriebsunfälle mit tödlichem Ausgang gegeben hat, dann muss es doch auch Verletzte mit langen Leidenszeiten gegeben haben«, lenkte er das Thema wieder auf die Chemiewerke. »Was hat eigentlich der berühmte kleine Mann auf der Straße davon erfahren? Was wussten Sie als Arzt davon und wen mussten Sie noch – Jahre danach – ständig behandeln?«

Henrixdorffs Gesicht veränderte sich plötzlich. Die rosige Hautfarbe, vom Weingenuss begünstigt, wich einer fast unnatürlichen Blässe. Die freundlich nach oben gezogenen Mundwinkel rutschten in die entgegengesetzte Richtung. Vor Wegelius schien, von einer auf die andere Sekunde, ein anderer Henrixdorff zu sitzen als den ganzen langen Abend über. Nach einer schier endlosen Pause antwortete Henrixdorff, diesmal betont förmlich:

»Ich bedanke mich für den sehr angenehmen Abend. Mit Ihrem Kaninchen à la ›Polizeiruf‹ haben Sie mir eine gelungene Überraschung bereitet. Doch jetzt muss ich leider aufbrechen, sonst fährt mir die letzte Straßenbahn in die Dölauer Heide vor der Nase weg.«

Und ehe sich Wegelius versah, eilte der Arzt schon die Treppe hinunter.

2

Es war nicht einfach, das ehemalige Internat deutscher Russisch-Schüler zu finden. Irgendwo versteckt zwischen Pößneck und Saalfeld, wo das Flüsschen Orla in die Saale mündet. Einen in keiner Karte verzeichneten Ort aufstöbern? Aus der Erinnerung heraus? Unmöglich. Aber Hirschinger ließ nicht locker. Wenn dieses Internat für Hochbegabte aus der SED-Hautevolee, sorgfältig versteckt hinter dichten Tannen, nicht über die Jahre hinweg in die Saale abgerutscht war, musste es zu finden sein; um es gut verborgen als geheimes Labor für seine Zwecke herzurichten. Erinnerte er sich doch, dass der ehemalige Physik-Saal dieser Schule bestens ausgestattet war und auch über Wasser-, Elektro- und Gas-Anschlüsse verfügt hatte. Hirschinger musste nur jemanden finden, der nach dem Mauerfall geschickt das eine oder andere Grundbuch gefälscht hatte und so etwas fünfundzwanzig Jahre später – ebenso trickreich – noch einmal zustande brachte.

Hirschinger hatte einen Riecher für solche Leute und damit auch für deren Rattenlöcher. Eines dieser Rattenlöcher bot eine heruntergewirtschaftete, fast schon verlotterte Bierschwemme auf halbem Wege zwischen Pößneck und Saalfeld. Dort, in der *Alten Eiche,* saß jeden Nachmittag ein gewisser Jürgen Solnick vor einem abgestandenen Hellen, um Kunden zu ködern. Mögliche Klienten für Altgrundstücke, versehen mit genial gefälschten Grundbuchdaten. Als unauffindbare Anlage für Schwarzgeld oder als sicheres Versteck für Dinge, die dem Normalbürger völlig unbekannt bleiben sollten. So wie das einstige Russisch-Internat an Orla und Saale. Also ein Sahnestück, und obendrein eines, wie es Hirschinger brauchte.

So etwas war in der *Alten Eiche* zu bekommen, dessen Wirt die Stammgäste schon zu DDR-Zeiten Schmuddel-Ede nannten. Denn er glich dem verspotteten TV-Kommentator Karl-Eduard von Schnitzler fast bis aufs Haar. Er war an Solnicks Geschäften beteiligt; je nach Einsatz mit fünf bis sieben Prozent, abzüglich Solnicks monatlichem Bier-Konsum. Schmuddel-Ede schob Hirschinger mit fragendem Blick eine Tasse mit dampfendem Kaffee über die fleckige Theke. Schweigend.

»Gab es hier in der Nähe nicht früher mal ein Internat? Die Leute nannten es, glaube ich, die Russische Schule?«, fragte Hirschinger.

Schmuddel-Ede verzog keine Miene. Doch wie aufs Stichwort gerufen erschien Solnick neben Hirschinger. Wie urplötzlich aus dem Boden gewachsen.

»Lange nicht gesehen, Chef.«

»Mord am Galgenberg« titelten an diesem Morgen in Halle die *Mitteldeutschen Neuesten Nachrichten.* Davon hatte Dr. Henrixdorff ihm doch am Abend zuvor schon erzählt? Tom angelte sich die Zeitung aus dem Korb im *Rannischen Café,* winkte Hannah, die gute Seele des beliebten Treffs herbei – »Bitte, einen großen Milchkaffee«, setzte sich an einen kleinen Tisch am Fenster und begann gebannt zu lesen.

Wegelius mochte es kaum fassen: Die in Halle überaus angesehene langjährige Geschäftsführerin der prachtvollen Paracelsus-Apotheke, so stand es dort geschrieben, sei auf ihrem allabendlichen Heimweg am Unteren Galgenberg, wo sie seit Jahrzehnten ein kleines Häuschen ihr Eigen nannte, ermordet worden. Tom war sofort hellwach. Augenblicklich begannen seine grauen Zellen Akkordarbeit zu leisten, seine Gedanken überschlugen sich: Erstens musste der Mörder den Heimweg der Apothekerin haargenau gekannt, zweitens musste er über deren alltägliche Gepflogenheiten detailliert Bescheid gewusst haben. Sonst hätte ihr das gar nicht widerfahren können. Denn als sie, auf die Minute pünktlich wie jeden Abend, am Zoologischen Garten aus der S-Bahn gestiegen war, um sich zu Fuß in den stillen Unteren Galgenbergweg zu begeben, war es jetzt, Mitte Oktober, bereits dunkel geworden. Ein Vorteil für den Mörder?

Tom las in den *Mitteldeutschen Neuesten Nachrichten,* von den Hallensern kurz MNN genannt, aufgewühlt weiter: Die ehemalige Diskus-Weltmeisterin sei auch mit knapp sechzig Jahren immer noch sehr sportlich gewesen. Doch nach Aussage der zuständigen Staatsanwältin habe sich die einstige Spitzenathletin offenbar kein einziges Mal gegen ihren Angreifer zur Wehr gesetzt. Sie sei auch, so ergänzte die Polizei, nicht beraubt worden. An ihrer Handtasche, das Modell einer italienischen Luxusmarke im Wert von ungefähr tausendfünfhundert Euro, hätten sie nicht die winzigste Schramme entdecken können. In der Tasche hätten sich rund hundertsiebzig Euro befunden – außerdem sämtliche Kredit- und EC-Karten. Und sogar die Schlüssel für die Paracelsus-Apotheke sowie für ihr kleines Haus. Als Todesursache registrierte die Polizei weder einen Messerstich noch einen Einschuss, sondern »ein fachmännisch gebrochenes Genick«.

Toms Gedanken überschlugen sich, spielten förmlich Jojo. Denn hatte er nicht selbst Ähnliches erlebt? Ja, natürlich: Als die Polizei ausgerechnet in seiner Brüsseler Wohnung den auf ebensolche Weise ermordeten deutschen Ex-Offizier Christoph von Sidlar gefunden hatte. Er schlug sich heftig gegen die Stirn.

»Habe ich vergessen, dir irgendetwas zu bringen?«, erkundigte sich Hannah erschrocken.

»Nein, nein, Hannah. Ich erinnere mich nur gerade, dass mir eine ähnliche Geschichte schon einmal untergekommen ist.« Dabei zeigte er auf den Aufmacher in der MNN. Dann erklärte er einer verdatterten Hannah: »Der Mörder muss irgendeine dieser uralten, längst verbotenen tödlichen Jiu-Jitsu- oder Kung-Fu-Techniken angewandt haben. Dabei werden jene Nervenpunkte zusammengedrückt, die zum Atemstillstand und später – ohne dass der Täter noch einmal nachhilft und zugegen ist – zum Tode führen.«

»Woher willst du denn so etwas wissen?«, staunte Hannah.

»Nicht, weil ich besonders aggressiv veranlagt wäre. Ich habe dir doch erzählt, dass ich Journalist bin«, erklärte Tom. »Ich musste das mal für eine Fernost-Story recherchieren. Die Ergebnisse waren wirklich erstaunlich, denn es gibt, wie bei der berüchtigten Shaolin-Technik Chin Na, noch eine ganze Reihe anderer Tricks und regelrechter Gemeinheiten, die auf der alten chinesischen Medizin basieren. Obduzieren unsere europäischen Schulmediziner dann ein auf diese Weise zu Tode gekommenes Opfer, finden sie so gut wie keine Hinweise.«

»Das alles musst du unbedingt unserer Staatsanwältin erzählen.« Hannah schüttelte sich vor Unbehagen.

»Was ich auf alle Fälle tun werde, weil es hilfreich sein kann.« Tom lächelte. »Denn diese Methode ist nicht alltäglich. Sie wird in aller Regel angewandt, um von etwas anderem abzulenken. Aber wovon?«

Tom war in der bis heute nie wirklich geklärten Leuna-Affäre ohnehin mit Staatsanwältin Mirjam Wrangel verabredet. Er wollte dabei auch erörtern, dass der in Brüssel verübte Mord ursächlich mit seinen Leuna-Recherchen zu tun haben könnte. Hannahs Tipp, Tom zu Staatsanwältin Wrangel zu schicken, hatte indes einen anderen Grund. Sie dachte in erster Linie an die ermordete Apothekerin.

»Selbst wenn der Mörder keine Spuren hinterlassen hat«, verfiel sie in einen hochdeutschen, sachlichen Tonfall, »kommt er in Halle damit nicht weit. Bei uns kommt nämlich keiner davon.«

»Wie kommst du denn darauf?«, fragte Tom belustigt. »Dieser Mann wird seit Jahren von Euro- und Interpol gesucht. Und zwar erfolglos! Warum sollten ihn dann ausgerechnet irgendwelche halleschen Provinzermittler schnappen?«

Doch Hannah ließ sich nicht provozieren, sondern lächelte, ein wenig überheblich und auch ein bisschen ironisch.

»Weil wir hier eine zwar junge, aber tüchtige Staatsanwältin haben, die ganz besonders taff ist«, erklärte sie. »Sie kommt eigentlich von einem Weingut, oben zwischen Saale und Unstrut, also vom Lande. Doch dieses Land-Ei hat bei uns schon so einiges aufgemischt. Seitdem nennen viele Hallenser sie nur noch die Jägerin.«

»Doch dieser Killer, also wenn er der ist, den ich verdächtige, dann reden wir von einem international erfahrenen Profi«, hielt Tom dagegen. »Einer, der sehr genau weiß, wann und warum er tötet. Einer, der seit vielen Jahren Auftragsmorde erledigt, ohne irgendwo eine Spur zu hinterlassen. Wenn dieser Mann nach einer solchen Tat seine eigene Haut retten muss, bringt er notfalls sogar seinen Auftraggeber um die Ecke. Und zwar auf seine lautlose Art und Weise.«

Hannah lächelte höhnisch, dann zog sie ihre rechte Augenbraue spöttisch nach oben:

»Hört sich an wie eine Geschichte aus einem düsteren dänischen Krimi. Äußerst spannend! Aber eins ist dabei, wie bei vielen Erfindungen, nicht schlüssig. Warum sollte ein international mordender und in aller Welt gesuchter Auftragskiller ausgerechnet ins verschlafene Halle kommen?«

Tom wollte ihr gerade antworten, als Hannah aufgeregt zum großen Fenster des *Rannischen Cafés* rannte.

»Da, schau nur!«, rief sie. »Da braut sich hinter dem Dauerregen ein ganz gemeines Herbstwetter zusammen. Typisch hallesch! Dieser Wind! Diese Feuchtigkeit! Das alles spürst du richtig in den Knochen. Sogar noch hier, hinter den dicken Wänden in diesem alten Haus. Wenn du also nicht bis auf die Haut nass werden willst, machst du dich am besten jetzt gleich auf die Socken. Oder du bleibst hier im Trockenen, zum Mittagessen. Wir bieten neben dem üblichen Angebot mittags täglich ein wechselndes hallesches Gericht an. Du hast mir doch erzählt, dass du solche Rezepte sammelst.«

»Klar.« Tom lächelte sie an. »Ist doch anregend für uns, was einst unsere Altvorderen gekocht und gegessen haben und was wir heute daraus machen können. Kurz und gut, was serviert dein Koch uns heute?«

»Apfelreis mit Zimt und Zucker.« Hannah grinste frech. »Obendrüber heiße zerlassene Butter – das alles wird gekrönt von einer knusprigen Thüringer Bratwurst. Da staunst du, was?«

»Und wie kocht ihr das?« Tom staunte wirklich.

Hannah dozierte fachmännisch und von oben herab:

»Zuerst Zwiebeln in kleine Würfel schneiden, dann einen Apfel schälen und in dünne Spalten schneiden. In einer Pfanne einen Esslöffel Olivenöl erhitzen – das ist ein Zugeständnis an unsere modernen Zeiten – darin Zwiebeln und Apfelschnitten zusammen andünsten. Anschließend den Reis dazugeben und eine Minute lang mit andünsten. Dann mit Salz und Pfeffer würzen, Hühnerbrühe dazugeben und alles bei mittlerer Hitze etwa zwanzig Minuten lang köcheln lassen. Währenddessen die Bratwurst in der Pfanne brutzeln. Zum Schluss wird der Apfelreis noch mit Zucker und Zimt bestäubt und in einem tiefen Teller angerichtet. Darauf drapieren wir als Krönung die knusprige Bratwurst. Dazu reichen wir in einem kleinen Pfännchen heiße braune Butter. Guten Appetit.«

Hirschingers geplantes Labor, nachdem er vor einigen Monaten schon die Paracelsus-Apotheke in der halleschen Altstadt erworben hatte, lag in unmittelbarer Nähe der vielbesuchten Rudelsburg und der Burg Saaleck, saaleabwärts.

»Eigentlich ein ganz schön überlaufenes Gebiet, vor allem von Touristen, Tagesausflüglern und Schulklassen aufgesucht«, wandte sein früherer Mitarbeiter Jürgen Solnick ein.

Aber Solnick wusste auch, dass das ehemalige Internatsgelände schon zu DDR-Zeiten derart versteckt angelegt worden war, dass es sich kaum finden ließ. Es lag – von den Bäumen an der Saale verdeckt und von den umliegenden Bergen überschattet – in einem natürlichen Schlupfloch. Wer nicht wusste, dass es diese Anlage gab, konnte sie weder suchen noch Jahrzehnte später wiederfinden.

»Nicht übel«, staunte Hirschinger über den zum chemischen Labor umgestalteten Physik-Saal des früheren Internats.

»Und hier«, Solnick öffnete mit großer Geste eine in der Tapete verschwindende Nebentür, »befindet sich das Allerheiligste: der Produktionsraum für kleine und allerkleinste Spezialserien. Ausgerüstet mit der modernsten Technik, die es zur Zeit gibt.«

Hirschinger lächelte. Schließlich schätzte er es über die Maßen, den neuesten Herausforderungen des Rauschmittel-Marktes technisch hochgerüstet zu begegnen. Aus seiner dunkelgrauen Allwetterjacke zog er einen braunen Umschlag, den er zuvor, wie seit eh und je, lateinisch beschriftet hatte: *Pecunia numerata.* Bargeld.

»Hier ist etwas für die Eröffnungsbilanz. Es sind die ersten dreißigtausend Euro, Solnick. Es ist vor allem der Lohn für deine bisherige Arbeit. Davon solltest du jedoch den großen Rest investieren, in neue Mitarbeiter, und zwar saaleabwärts, also am besten an der Uni Jena. Du kennst sicher noch den einen oder anderen aus unseren gemeinsamen Zeiten an der Leopoldina in Halle. Ich denke also an einige zuverlässige Wissenschaftler, die für Geld alles tun. Ich werde ihnen, nachdem du die Kontakte hergestellt hast, noch selbst auf den Zahn fühlen.«

Solnick nickte, wobei ein unverschämtes Grinsen sein vernarbtes Gesicht verzerrte. Hirschinger sah ihm in die ernst gebliebenen Augen und fragte wie aus der Pistole geschossen:

»Woran hast du mich eigentlich erkannt, als ich in der *Alten Eiche* Kaffee getrunken habe?«

Statt zu antworten, kratzte sich Solnick mit dem kleinen Finger der linken Hand zwischen linker Schläfe und Augenbraue:

»Daran! Also, sagen wir: an Ihrem ureigenen Pausenzeichen. An Ihrer typischen Art, mit dieser Geste ein Gespräch zu beginnen. Dazu kamen einige Indizien, die nur demjenigen etwas sagen, der Sie auch kannte.«

»Als da wären?«, wollte Hirschinger wissen.

»Also, wenn jemand in Ihrem Alter keine beigen Hosen und grauen Schuhe trägt, so wie die meisten älteren Touristen, die hier ihr Bier trinken, dann fällt das schon auf.« Er habe sich also gefragt, was einer, der besser gekleidet ist, der weltgewandter als seine Altersgenossen auftritt, in dieser Kaschemme verloren hat. Hatte er sich verlaufen oder hat er uns gesucht?

Hirschinger nickte.

»Aber am wichtigsten war natürlich Ihre Frage nach der alten Russisch-Schule«, fuhr Solnick fort. »Das war ja schon zu DDR-Zeiten eine Einrichtung, die nur ganz Ausgewählte kannten. Sie sehen also, Chef, Sie haben mir ein perfektes Bild von sich geliefert.«

Solnick, schon zu Zeiten der verflossenen DDR an der Leopoldina in Halle Hirschingers durchtriebene und zuverlässige rechte Hand, grinste erneut über sein breites, vernarbtes Gesicht.

Hirschingers Erwiderung ließ diesmal auf sich warten – was wirklich selten vorkam.

»Mein verräterischer Handgriff an Schläfe und Braue ist nicht unser größtes Problem«, meinte er dann. »Das wirkliche Problem ist unsere künftige Produktion. Wir sollen für unsere Auftraggeber Suchtkombinationen herstellen, die sich wahnsinnig teuer verkaufen lassen. Sie sind seit Jahren als ›Claudes Cocktail‹ und ›Pot Maurice‹ bekannt. Diese Serien müssen so klein wie möglich gehalten werden, um sie im Handumdrehen austauschen zu können.«

»Warum denn das?«, wunderte sich Solnick.

»Zum einen falls uns die Behörden auf die Schliche kommen sollten«, erklärte Hirschinger seine seit Jahren erfolgreiche Produktionsstrategie, »zum anderen wegen der Konkurrenz. Denn die kauft ja auch fleißig unsere Cocktails, um deren Zusammensetzung kopieren zu können.«

Solnick nickte zustimmend, aber trotzdem bewegte ihn noch eine Frage:

»Und wie sieht's mit Dopingmitteln für den Sport aus? Da waren wir in der DDR doch einsame Weltspitze, da bestimmten wir tatsächlich das sogenannte Weltniveau, und in Jena leben ja noch einige dieser Zauberkünstler. Wir müssen sie nur ansprechen. Und schon geht die Produktion ab wie Schmitz' Katze.«

»Zu riskant.« Hirschinger schüttelte den Kopf. »So etwas stellen wir nur noch auf Anfrage her – und nach vorher klar getroffener Preisabsprache.« Die Doping-Jäger hätten kürzlich sogar ein heimlich irgendwo auf der Welt hergestelltes Wachstumspräparat im Körper eines russischen Olympia-Kandidaten gefunden. Ein Präparat, das zwar zuvor in einer klinischen Erprobungsstufe gewesen, aber niemals in den offiziellen Handel gelangt sei. Natürlich würden die Doping-Jäger in Lausanne oder Köln fieberhaft nach minimalsten Merkmalen suchen, um die im Verborgenen arbeitenden Hersteller aufzustöbern. Hirschinger wurde deutlicher: »Weil der Kreis derer, die so etwas produzieren können, selbstredend beschränkt ist, birgt für jeden von uns eine Aufdeckung eine unmittelbare Gefahr.«

»Also bleiben wir lieber auf der sicheren Seite, bei der Produktion stimulierender Cocktails für den ganz privaten und persönlichen Gebrauch.« Solnick hatte begriffen.

»Es ist schließlich seit Jahren unser Kerngeschäft, das gutes Geld abwirft.« Hirschinger lächelte und bemerkte Solnicks fragenden Blick. »Das heißt ja nicht, mein Lieber, dieses Geschäft sei nicht ausbaufähig. Es gibt gerade hier, im ehemaligen Chemiegebiet der DDR, in Leuna, Buna, Schkopau, Bitterfeld und Wolfen, nämlich noch genügend Möglichkeiten. Und es gibt zudem ehemalige Wissenschaftler, Ingenieure und Chemie-Facharbeiter, die gerne wieder zuschlagen würden. Jetzt, wo nach Jahrzehnten endlich Gras über die alten Geschichten gewachsen ist.«

Eine unbescholtene Apothekerin als Opfer, ein unklares Mordmotiv?, sinnierte Tom, immer noch an einem Tisch am Fenster des *Rannischen Cafés* sitzend. Hatte er doch wegen der Leiche eines Bonner Ex-Offiziers, die im Februar in seiner Brüsseler Wohnung gefunden worden war, aus Furcht, er könne das nächste Opfer sein, Hals über Kopf seiner damaligen Wahlheimat den Rücken gekehrt. Nachdem in seiner Abwesenheit in seinem Arbeitszimmer ein ähnlicher Mord verübt worden war wie jetzt in Halle. Dass der Mörder nur wegen der geheimen Leuna-Unterlagen gekommen war, hatte sich Tom als These zurechtgelegt. Die allerdings fragwürdig war, weil ihm sein Informant damals nur wenige Kostproben überlassen wollte. Jene Akten, deren Inhalt zu einem großen Teil aus handschriftlichen Notizen bestand, lagerten damals noch in Bonn.

Warum also sollte dieser lautlose Killer ihm auf den Fersen sein? Ausgerechnet hier in Halle, wo ihn nie und nimmer jemand vermuten würde – das glaubten jedenfalls Mike O'Mara, sein irischer Chefredakteur und enger Freund, aber auch der abgebrühte Brüsseler Kommissar Walter de Kimpe.

»Irgendwo dort in Mitteldeutschland, irgendwo an der Saale«, hatte O'Mara Toms neues Betätigungsfeld umrissen. Wer – und vor allem: warum? – sollte den ausgewiesenen Star-Reporter eines europäischen Politmagazins mit einem Städtchen an der Saale in Verbindung bringen? Tom sinnierte und kam zu dem beunruhigenden Schluss: Das grenzte schon fast an Hellseherei oder aber an Wissen aus allererster Hand.

Die achtzehn Leuna-Ordner, angefüllt mit persönlichen, meist handschriftlichen Aufzeichnungen, spürte Tom in Bonn auf, wo sie in der Wohnung von Christoph von Sidlar unauffällig versteckt in drei Sporttaschen gelegen hatten. Sie schienen unentdeckt und unberührt geblieben zu sein, als der Bruder des verstorbenen Ex-Offiziers von Sidlar sie ihm aushändigte. In ihnen fanden sich unter anderem Hinweise auf mögliche Schmiergelder für die erste französische Ministerpräsidentin Édith Cresson und eine handschriftliche Notiz, dass eine Provision – über Usbekistan – an die verstorbene Bestseller-Autorin Françoise Sagan geflossen sein soll. Obendrein unter Mithilfe des sozialistischen französischen Staatspräsidenten François Mitterrand. War da noch mehr? Und wie hing das alles zusammen?

In Toms Kopf schwirrten die Gedanken wie in einem Bienenkorb. Hatte doch jemand alles kopiert? Dennoch, grübelte er, ergibt auch das keinen Zusammenhang mit dem Mord in Halle. Trotzdem stieg in ihm jenes unbehagliche Gefühl auf, das ihn schon in Brüssel beschlichen hatte: War dieser lautlose Killer nicht in Wirklichkeit ihm auf den Fersen? Aber wieso und warum sollte außerhalb der Redaktion jemand erfahren haben, dass ihn O'Mara auf die längst als kalt betrachtete Leuna-Spur gesetzt hatte? Und wenn es doch ein Leck in der Redaktion gab?

»Na, schwer am Nachdenken«, versuchte Hannah seine düsteren Gedanken zu verscheuchen.

Tom strahlte sie an, schien sie ihn doch an eine Märchenfee aus ferner Kindheit zu erinnern. An eine Fee aus einem jener Kinderstücke, die einst im halleschen »Theater der jungen Garde« aufgeführt worden waren und ihn stets beglückt hatten. Ja, so unähnlich schien Hannah einer Märchenfee aus längst versunkenen Zeiten gar nicht zu sein: Etwa 1,75 Meter groß, schlank, sportlich, blondes gelocktes Haar, auf der Nase eine große Brille mit lustigem roten Rahmen, hinter der aufmerksame blaue Augen funkelten – so stand sie jetzt vor ihm. Ihr Gesicht ein einziges Fragezeichen.

Draußen hatte sich das fast spätsommerliche Wetter übergangslos zu einem herbstlichen Sturm mit Dauerregen verwandelt. Drückte Bäume in duckende Büsche, riss Passanten die Schirme aus den klammen Händen und schleuderte sie quer über den Platz vor das *Rannische Café.* Hannah stand kopfschüttelnd hinter dem großen Fenster mit der geschwungenen Aufschrift: »Alles, was Schokolade kann, können wir auch«. Sie schüttelte ihren lockigen Kopf immer heftiger.

»So fing es im Sommer 2013 auch an!«, sagte sie voller Entsetzen. »Und plötzlich stand die halbe Innenstadt unter Wasser. Saale überall, sogar dort, wo sie sonst nie gewesen war. Am Ende mussten sie selbst die Händel-Festspiele absagen. Für uns Geschäftsleute eine Katastrophe.«

Damals hatte Tom noch keinerlei Gedanken an Halle verschwendet und sich stattdessen mit seinem inzwischen ermordeten flämischen Kumpel Henk de Visser in Frankreich auf Hirschingers Spuren gesetzt. Allerdings ohne zu wissen, auf wessen Spuren sie sich wirklich befanden. Sie wussten nur, dass sie den Hersteller exklusiver Drogen-Cocktails verfolgten. Wie dieser Kerl hieß, ob er Franzose, Belgier, Niederländer, Deutscher oder sonstwas war, das hatten Tom und Henk nicht herausgefunden. Dass Tom, der gebürtige Hallenser, einem Landsmann auf der Spur war – nein, davon war nie die Rede gewesen. Wie hätte Tom auch darauf kommen sollen?

Nun saß er also im *Rannischen Café* und starrte in den vom Sturm gepeitschten Regen hinaus. Von dem Café, das zugleich als vorzügliches Restaurant geschätzt wurde, hatte er erstmals im Frühjahr 2015 gehört, als er im Internet die Adresse einer rührigen Gruppe von »Saale-Historikern« fand. Hobby-Historiker, die nach allem Möglichen fahndeten, eben auch nach alten mitteldeutschen Küchenrezepten und deren Geschichte. Ob er denn Derartiges auch in einem hiesigen Lokal zu essen bekäme, fragte Tom die Hobby-Historiker und bekam den Tipp: »Versuchen Sie's doch mal im *Rannischen Café*.«

Draußen stürmte es über den ohnehin nicht gerade heimeligen Platz, so, als gäbe es kein Morgen mehr. Mitunter erschien in diesem Licht das Hauptgebäude der berühmten Frank'schen Stiftung wie die künstliche Kulisse eines grandiosen Freilufttheaters. Mal grell erleuchtet von nicht enden wollenden Blitzen aus allen Himmelsrichtungen, kurz darauf hinter den gewaltigen Regenschauern auf Nimmerwiedersehen verschwunden. Als hätte eine unsichtbare Hand sie einfach wegretuschiert. Tom starrte in dieses Naturschauspiel, sich aber hineinzuwagen verspürte er keinen Drang.

Dabei hatte er ursprünglich vorgehabt, mit der für den nicht enden wollenden Fall Leuna zuständigen Staatsanwältin über die ihm überlassenen Akten zu reden. Jedenfalls war es so verabredet. Er wollte vor allem klären, was sich hinter der Wortschöpfung »Geschlossene Akten« verbergen könnte. Warum sollten diese Akten Jahr für Jahr ungelesen vor sich hinschlummern? Mike O'Mara hatte ihn noch vehement darauf hingewiesen, zumindest diese Ungereimtheit zu klären. Er wollte den geneigten Lesern von *Brussels Background* schon einmal ein klein wenig darüber berichten, warum in dieser Sache so gut wie gar nichts aufgeklärt worden war. Immerhin schien der frühere französische Finanzminister Dominique Strauss-Kahn ebenso in die Leuna-Affäre verwickelt gewesen zu sein wie der ehemalige Judo-Meister Robert Hue, besser bekannt als Chef der französischen Kommunisten in den 1990er Jahren. Eine hübsche Seilschaft, hatte der Chefredakteur gelacht, und Tom hatte ihm versprechen müssen, zumindest darüber schon mal Süffisantes zu Papier zu bringen.

Von dem geheimnisvollen Mord an einer halleschen Apothekerin hatte er seinem Chefredakteur vorsichtshalber nichts erzählt. Er wusste, O'Mara würde dann explodieren: »Kümmere dich um deine Leuna-Recherchen und nicht um lokale Morde. Nicht mal in deiner Freizeit.« Aber irgendwann, und eigentlich recht bald, musste er es wohl tun. Denn alles schien mit Leuna zusammenzuhängen.

Es hatte Hirschinger nachdenklich gestimmt, dass ihn sein früherer Handlanger Solnick sofort erkannt hatte. Hatte er in den letzten fünfundzwanzig Jahren nicht alles getan, um sich – zumindest äußerlich – zu verwandeln? Komplizierte Gesichtsoperationen in den USA, jahrzehntelanger Aufenthalt in Südfrankreich, ein anderer Gang, eine andere Haltung, ja, er hatte sich sogar eine andere Stimmlage zugelegt, etwas tiefer als früher und dabei gelassener klingend.

Bei seiner Rückkehr nach Halle hatte Hirschinger auf alles geachtet, was eine Enttarnung, so hoffte er jedenfalls, vereiteln musste. Er hatte eine Drei-Zimmer-Wohnung in der ersten Etage eines älteren Hauses in der Kleinen Ulrichstraße bezogen, praktisch und unauffällig. Sein Nachbar war ein ehemaliger Orchestermusiker, ein Oboist, der hin und wieder übte; der Mieter über ihm hatte einst als Zahnarzt in einer Gemeinschaftspraxis gearbeitet. Hirschinger hatte sich, selbstredend, wie ein typischer, allem Modischen abholden ehemaliger DDR-Akademiker gekleidet: graue Hose, blaue Jacke oder umgekehrt. Dazu helle Hemden. Nur bei genauerer Betrachtung fiel auf, dass seine Kleidung in

Material und Schnitt erstklassig war. Da konnte Hirschinger seine Eitelkeit nicht überwinden.

Er sprach auch in den Klischees eines abgehobenen Gelehrten aus der DDR, meist unverbindlich; und anstelle des Wortes »ich« verwendete er stets das unbestimmte »man«. So, wie einer von ihnen. Auch sein Auto, das er meist auf einem öffentlichen Parkplatz vor der Moritzburg abstellte, passte zu ihm, dem älteren Apotheker Hirschinger. Ein gebrauchter Skoda, grau, mit blaugrauen Sitzen – aber immerhin hundertfünfzig PS stark.

Hirschinger ging durch seine Wohnung hinüber ins Arbeitszimmer. Er hatte in der Abenddämmerung noch kein Licht gemacht – und stutzte auf einmal. Saß dort ein Fremder in seinem Ohrensessel? Hirschinger griff automatisch nach seiner schussbereiten Beretta im linken Brusthalfter.

»Lass stecken, Maurice«, beruhigte ihn die Person im Ohrensessel. Es war eine sonore Stimme, mit französischem Idiom. »Keine Angst. Ich bin nur hier, damit du begreifst, dass du dich vor uns nicht verstecken kannst. Nirgendwo auf dieser Welt. Auch, dass du ohne uns keine Geschäfte machen kannst.«

Der Mann im Ohrensessel streckte und dehnte sich genüsslich, stand auf, schritt an einem völlig perlexen Hirschinger vorbei und verschwand im Treppenhaus.

3

Gerade wollte Mirjam Wrangel mit viel Schwung in den Eingang neben dem riesigen Schaufenster in der Leipziger Mädler-Passage einbiegen, als ihr Blick an ihm hängen blieb. Wie gebannt starrten ihre grünen Augen auf diesen einmalig schönen Strohhut: feinste Palmfaser, pinkfarben, grünes Seidenband. Den oder keinen Hut, schoss ein unkontrolliertes Gefühl von ihrem Bauch in ihren sonst so kühl abwägenden Kopf. Vorsicht, Frau Staatsanwältin, flüsterte ihr eine innere Stimme zu – doch vergeblich. Ehe sie sich versah, hatte sie schon den Hutladen von Napoleon Mueller-Mendelsohn betreten. Der Meister selbst schwebte ihr entgegen, getragen auf einer Wolke orientalischer Düfte, die ihr schier den Atem nahm.

»Gnädigste«, hauchte der billardköpfige Hut-Napoleon, musste aber seinen Satz abrupt abbrechen, weil Mirjam – ohne Gruß und ohne ein Wort zu verlieren – aufgeregt mit wedelndem rechten Arm auf das pinkfarbene Meisterstück in seinem großen Schaufenster zeigte. Napoleon, der Billardköpfige, lächelte verschwörerisch. »Unser absolutes Meisterstück«, flüsterte er. »Aus hundertprozentiger Palmfaser. Von Hand eingefärbt und natürlich auch von Hand geflochten. Und das alles exklusiv für Napoleon Mueller-Mendelsohn in der Mädler-Passage zu Leipzig kreiert. Einen solchen Hut bekommen Sie sonst nirgendwo auf der Welt – nicht in Berlin, noch nicht mal in Paris. Voilà.« Galant reichte er ihr das federleichte Meisterstück.

Mirjam drehte und wandte sich vor allen Spiegeln, die der Billardköpfige eilig um sie herum aufstellte. Sie schien restlos begeistert. Von sich und diesem Hut. Doch dann wurde sie auf einmal skeptisch. Gott, was würden sich die Nachbarn, daheim im Unstrut-Weinparadies, im engen Freyburg, das Maul zerreißen! Und erst recht die lieben Kollegen am Gericht im gar nicht so feinen Halle. Jetzt ist sie endgültig übergeschnappt, hörte sie im Geiste schon den alten Reinecke aus der Revision höhnen. Andere würden sogar noch eins draufsetzen: Und so was will nun Beamtin an einem deutschen Gericht sein. Auf Lebenszeit und mit Pensionsansprüchen! Nein, nein, nein! Kein bisschen Selbstdisziplin, diese jungen Leute, hörte sie im Geiste Lotte Meister aus ihrem Vorzimmer lamentieren, wenn sie in der Gerichtskantine mit ihren Kolleginnen über sie herziehen würde. Aber keine Bange, hörte Mirjam eine andere innere Stimme, die ihr zuraunte, wie sie ihre aufgeregten Kollegen beruhigen könnte: Denkt dran, Hochmut kommt sowieso vor dem Fall!

»Madame reisen öfters in die Tropen?«, riss sie Napoleon, der Billardköpfige, aus ihren absurden Tagträumen.

»In die Tropen? Ich? Nie! Was sollte ich dort?«

Der Billardköpfige blickte sie aus todtraurigen Augen an:

»Dann kann dieser epochale Hut auch nicht überleben. Dann stirbt er schneller, als er geboren wurde! Schauen Sie, Gnädigste, in den Tropen, wo er ständig seine leichte Feuchtigkeit bewahrt, behält er auch seine Farbe, seine Biegsamkeit, seine wirklich sagenhafte Qualität – und damit seinen Charme! Tragen Sie einen solchen Hut aber Tag für Tag in unserem erbarmungslosen Klima, ist sein früher Tod gewissermaßen abzusehen.«

Mirjam stürzte vom höchsten Glücksgipfel in ein tiefes schwarzes Loch.

»Was können wir denn da tun?«, sagte sie betrübt.

Napoleon, der Erfahrene, wusste natürlich auch in einer solchen ausweglosen und scheinbar lebensbedrohenden Situation Rat. Er fand immer einen Weg, der zu einem rettenden Ufer, sprich: zu einem anderen Hut und damit zu einem erfolgreichen Geschäft führte.

»Versuchen Sie es doch mal mit einem Borsalino, gehalten in einem dunklen Beige. Das klingt zwar wie ein Widerspruch, ist es aber nicht. Ein Hut, immer zu tragen, sogar jetzt im traurigen Oktober. Denn er ist aus Kaninchen- und Biberhaar gefertigt, nicht aus tropischer Palmfaser geflochten. Er ist also wasserabweisend und geradezu wie geschaffen für unser schlimmes raues Wetter.« Dabei sei er ebenso leicht wie das eigentlich, er lächelte gekünstelt verlegen, »viel zu teure Meisterstück aus Palmfasern«.

Als Mirjam auf diese Weise den ersten und wahrscheinlich auch letzten Borsalino ihres Lebens erworben hatte, fragte sie beim Hinausgehen noch:

»Was hätte denn Ihr exquisites Meisterstück gekostet?«

Napoleon, der Erfahrene, lächelte auch diesmal ganz und gar verschwörerisch:

»Einhundertfünfzig Euro weniger, Gnädigste. Aber es ist ja auch nur ein Strohhut, kein Borsalino.«

Als Mirjam kurz darauf im Schaufenster ihr Spiegelbild sah, musste sie über ihren Aufzug schmunzeln: in ihrem modischen Trenchcoat und dem viel zu teuren Borsalino auf dem schwarzen Pagenkopf sah sie sicher so aus, wie die Filmfritzen in Babelsberg eine, so dachte sie, echte europäische Undercover-Agentin einkleiden würden: Nicht unbedingt kompetent wirkend – dafür aber ganz schön en vogue! Oder vielmehr ziemlich verrückt? Aber in Leipzig, wo die Mieten explodierten, wo die während der Leuna-Affäre geflossenen hundertfünfzig Millionen Euro Schmiergelder investiert worden sein sollen, wo ein israelischer Großinvestor gerade die Kleinigkeit von mindestens hundert Millionen Euro für das alte Postgebäude hinblätterte, um in dem historischen Gemäuer ein Hotel, ein privates Studentenheim und sündhaft teure Geschäfte zu errichten – dort fiel sie mit ihrem Borsalino gar nicht auf.

In der S-Bahn nach Halle sitzend, beschlich Mirjam jedoch das Gefühl, dass jeder, der an ihr vorbeiging, sich erstaunt nach ihrem ungewöhnlichen Hut umdrehen würde. Doch was sollte sie dagegen unternehmen? Sie konnte ihn ja kaum in ihren schmalen Aktenkoffer pressen. Dann wäre das gute Stück hin gewesen. Also blieb sie kerzengerade in ihrer Fensterecke sitzen und dachte nach. Über das, was an diesem Nachmittag alles noch auf sie zukommen würde: Vor allem dieser in Berlin akkreditierte, doch nun in Halle ansässige belgische Journalist, mit dem sie schon einige Stunden diskutiert hatte. Dieser Reporter, Mitte fünfzig, hatte um ein erneutes Gespräch gebeten und Lotte Meister, die uneingeschränkte Herrin ihres Vorzimmers, vor allem aber ihres Terminkalenders, hatte ihr geraten: »Machen Sie es ruhig, Chefin. Kann doch nicht schaden, wenn auf diese Weise auch mal in Brüssel über uns geredet wird.«

Tom kam ohne die üblichen Höflichkeitsfloskeln zur Sache: »Sagen Sie Mirjam, ist Ihnen bei Ihren umfangreichen Leuna-Recherchen irgendwann einmal, vielleicht auch in einem scheinbar nebensächlichen Zusammenhang, der Name Dr. Jonas Henrixdorff untergekommen?«

Mirjam deutete auf einen Aktenberg, der – steil wie das Elbsandsteingebirge – die linke Ecke ihres ständig unaufgeräumten Amtszimmers verbarrikadierte:

»Meinen Sie etwa dort? Ich habe in monatelanger Kleinarbeit Seite für Seite umgedreht, Satz für Satz von vorne nach hinten und dann wieder von hinten nach vorne gelesen; und danach alle Namen, die vorher noch nicht in einer Sammelakte auftaucht waren, in diese Handkladde geschrieben, die hier auf meinem

Schreibtisch liegt.« Sie sah ihre umfangreichen Aufzeichnungen durch: »Nein, dieser Name steht hier nicht drin. Aber nun sagen Sie mir schon, was es mit diesem merkwürdigen Namen auf sich hat«, drängelte sie.

Wegelius erzählte von der Behandlung seiner entzündeten Gallenblase im steinalten Bergmannstrost, wo er Dr. Henrixdorff zum ersten Mal begegnet war; erzählte von dem Abendessen, zu dem er den Arzt zu sich nach Hause in die Talamtstraße eingeladen hatte. Tom erzählte auch von dem abrupten Ende jenes eigentlich harmonischen Abends. Er habe Dr. Henrixdorff, den erfahrenen Arzt, gefragt: Wenn sich in den Leuna-Werken, und wie er selbst zuvor erzählt habe, auch im Elektrochemischen Kombinat Bitterfeld, schlimme Betriebsunfälle ereignet hätten – darunter sogar solche mit tödlichem Ausgang –, müsse es doch auch Kranke mit langen Leidenszeiten gegeben haben. Was habe eigentlich der Mann auf der Straße darüber erfahren?

»Ich fragte ihn direkt: Wussten Sie, als Arzt, darüber Bescheid und wen müssen Sie noch immer – Jahrzehnte später – behandeln?«, erklärte Tom, vor dem nun eine völlig perplexe Staatsanwältin saß. »Sehen Sie Mirjam«, fuhr er fort, »es muss doch noch heute Angehörige geben, die Bescheid wissen; die demnach wissen könnten, ob es, seitens der DDR oder seitens der späteren Eigner von Leuna und Bitterfeld, Entschädigungszahlungen gegeben hat. Vielleicht sogar so etwas wie verdeckte Renten.«

Mirjam Wrangel nickte nachdenklich.

»Diese Möglichkeit hat wohl bisher niemand erwogen«, warf sie ein, betätigte ihren Rechner und gab das entsprechende Suchwort ein. Prompt lieferte das Internet eine Nachricht des Mitteldeutschen Rundfunks von Februar 2015. Mirjam las vor: »Die VEB Chemische Werke Buna zählten zu den fünf größten Industriekombinaten der DDR. ›Plaste und Elaste aus Schkopau‹ waren in der DDR ein Exportschlager. Für ihre Herstellung wurde – in

Ermangelung von Erdöl – Calciumcarbid benötigt und an zwölf Öfen rund um die Uhr hergestellt. Am 9. Februar 1990 kam es zum schwersten Unglück in der Geschichte des Chemiewerkes. Eine gewaltige Explosion zerriss den Carbidofen, heißes Carbid ergoss sich über die Arbeiter. Fünf Menschen starben. Der alte Ofen aus der Gründerzeit des Werkes war zu marode gewesen.«

Tom schüttelte entsetzt den Kopf.

»Auch die Bewohner von Teutschenthal in Sachsen-Anhalt wurden am 28. März 1988 Zeuge eines Chemieunfalls«, las Mirjam weiter vor. »Von einem Moment auf den anderen tat sich die Erde auf. Auf einer Länge von einem Kilometer bildeten sich bis zu einem Meter breite Spalten. Aus ihnen schossen Fontänen aus Ethylen, Schlamm und Wasser in die Luft. Außerdem breitete sich eine hochexplosive Ethylen-Wolke aus und bewegte sich auf Teutschenthal zu. Ein Teil der Bevölkerung wurde evakuiert. Aufgrund der Witterungsverhältnisse verflüchtigte sich die Wolke zum Glück.«

Nun war es die Staatsanwältin, die fassungslos den Kopf schüttelte.

Tom blätterte indes in seinen Notizen.

»Hier habe ich aufgeschrieben, der amerikanische Chemie-Gigant Dow Chemical habe dieses Gelände 1995 von der Treuhand übernommen.« Er schaute auf. »Also könnten dort, zumindest am Anfang, noch Arbeiter und Wissenschaftler aus der früheren DDR beschäftigt worden sein. Da müssen wir ran, denn das ist unser Hebel.«

Mirjam lächelte, wie ihm schien, ein wenig abweisend.

»Was heißt denn: wir?«, sagte sie. »Seit wann bilden denn wir ein gemeinsames Recherche-Team? Ein Reporter von *Brussels Background* und eine Staatsanwältin des Bundeslandes Sachsen-Anhalt?«

»Da ist wohl der Gaul mit mir durchgegangen. Entschuldigung.« Tom lächelte verlegen. Er hatte bewusst diese flapsige Bemerkung gewählt, weil er zwar wusste, dass er sich gerade aufs Glatteis begeben hatte, doch dabei nicht ausgerutscht war.

»Warum sollten wir uns nicht gegenseitig ergänzen?«, lenkte Mirjam ein, um hinzuzufügen: »So etwas geht natürlich nur im Rahmen des Erlaubten. Aber wir sollten nichts auf die lange Bank schieben. Ich kenne da jemanden, der uns dabei unterstützen kann: Jakob Salomon. Er hat schon zu DDR-Zeiten allerlei Nachforschungen auf eigene Faust angestellt. Heute leitet er die Sarah-Kirsch-Gesellschaft in der Großen Märkerstraße. Ich bin heute Abend bei ihm zum Essen eingeladen. Kommen Sie doch einfach dazu. Ich rufe ihn vorher an, dann ist er vorgewarnt. Jakob kocht immer gern alte hallesche Gerichte nach. Mögen Sie so etwas? Heute soll es Halleschen Topf geben, eine Art Gulasch, allerdings mit einem speziellen angebratenen Kartoffelstampf. Dazu gibt es Rotwein aus Teutschenthal, also von einem Weingut, das in der Nähe des explodierten Chemiewerkes entstanden ist.«

»Ich komme sehr gern«, erwiderte Tom. »Zumal ich noch wissen möchte, was Sie, als Staatsanwältin und somit als Frau vom Fach, von dem Mord an der Apothekerin am Galgenberg halten. So etwas gehört zwar nicht in Ihr Ressort, ist kein Wirtschaftsvergehen – aber weiß man's? Mich bewegt es nun einmal, wenn jemand auf rätselhafte Weise zu Tode kommt, ohne dass die Polizei die genaue Ursache feststellen kann. Es erinnert mich an einen Fall in Belgien, in dem Polizei und Staatsanwaltschaft allzu zeitig die Waffen gestreckt haben. Sie meinten damals, der Mörder könne nur ein Asiat gewesen sein, der längst über alle Berge sei. Also haben sie die Akte geschlossen.«

»Aber Sie haben doch ganz bestimmt auch in dieser Sache Ihre eigene Theorie entwickelt – oder?« Mirjam lächelte.

Tom wurde misstrauisch und fragte sich, was sie wohl mit ihrer Frage bezwecken wollte. Er blieb auf der Hut.

»Der Mörder wird in Belgien wie auch in Halle eine dieser uralten, längst verbotenen, weil tödlich wirkenden Jiu-Jitsu- oder Kung-Fu-Techniken angewandt haben«, antwortete er betont beiläufig.

Mirjam schaute ihn fragend an.

»Dabei werden jene Nervenpunkte zusammengedrückt, die einen Atemstillstand herbeiführen und damit den Tod verursachen.« Doch einmal in Fahrt geraten, ließ sich Tom kaum bremsen: »Es gibt, wie beim berüchtigten Chin Na, heute noch einige Techniken, die Sie sogar in einer Berliner Kung-Fu-Schule lernen können. Obendrein gibt es noch einige gefährliche Tricks, die alle aus der alten chinesischen Medizinkunde stammen. Sie brauchen sich nur einmal einige Polizeivideos aus Taiwan anzuschauen, dann wird Ihnen schnell klar, was ich meine.«

Mirjam hatte aufmerksam zugehört.

»Und wie können europäische Rechtsmediziner mit einem solchen Todesfall umgehen?«, bohrte sie nach.

»Obduzieren europäische Schulmediziner ein solches Opfer, finden sie nichts, rein gar nichts.« Tom musste sie enttäuschen. »Jedenfalls nichts, was aufschlussreich wäre. So werden sie im Falle der ermordeten Apothekerin nach europäischer Sicht herausfinden, dass ihr das Genick angebrochen wurde, aber nicht, dass sie – auf alt-chinesische Art – erstickt worden ist. Der Tod tritt erst nach einiger Zeit ein, und der Mörder kann ohne Eile verschwinden. Irgendeine Passantin hat die Tote auch erst Stunden später gefunden und dann die Polizei benachrichtigen können. Übrigens mordet man in aller Regel auf diese Weise, um eine falsche Fährte zu legen. Doch warum hatte der Mörder in unserem Fall so etwas vor? Na, habe ich jetzt Ihren Jagdinstinkt geweckt?« Tom verschwieg der Staatsanwältin ganz bewusst, dass sich besagter Fall in Belgien vor gar nicht langer Zeit auch noch in seiner Brüsseler Wohnung zugetragen hatte und dabei sein einziger Informant in

Sachen Leuna zu Tode gekommen war. Auch weil er vermutete, dass dieser Mord ihm gegolten haben könnte und das Opfer nur mit ihm verwechselt worden sei. Doch was zum Teufel – sinnierte Tom – hatte die Ermordung einer halleschen Apothekerin mit der Leuna-Affäre zu tun? Er fand keine Erklärung – und behielt die Sache deshalb erst mal für sich.

Hirschinger hatte nach Mao-Maos überfallartigem Besuch und dessen unverhohlenen Drohungen alle drei Sicherheitsschlösser an seiner Wohnungstür verriegelt. Nur mit Mühe gelang es ihm, sich zu beruhigen. Alle Selbstsicherheit, die er sonst wie eine Monstranz vor sich hertrug, war verflogen. Nein, jetzt um Himmels willen keinen Rotwein trinken! Nicht mal ein klitzekleines Glas zur Beruhigung.

Stattdessen legte er die entsicherte Beretta vor sich auf den Schreibtisch und versuchte ruhig durchzuatmen. Langsam gelang es ihm, einen klaren Gedanken zu fassen, und dann auch, einen Gedanken folgerichtig an den anderen zu reihen. Das war kein Mordversuch gewesen, sondern eine Einschüchterung, wurde ihm endlich klar. Hirschingers Kopf funktionierte wieder: Ergo, wurde ihm deutlich: Er musste Mao-Mao zuvorkommen. Aber wie und wo? Mao-Mao handelte nie auf eigene Rechnung, er handelte in den letzten fünfzehn Jahren stets in irgendeinem Auftrag, oft auf Anweisung der »Lageristin« in Brüssel. So nannten er und auch alle anderen in dieser kriminellen Drogenvereinigung ihre Chefin, die niemand je zu Gesicht bekommen hatte.

Hirschinger blickte auf seine Uhr: 21.59 Uhr. Zeit, um Karla Lieberknecht anzurufen, die im fernen Südfrankreich in der öffentlichen Telefonzelle am Krankenhaus von Albi seine Nachricht erwartete. Er hatte ihr deshalb eine bunte Ansichtskarte von der Rudelsburg geschickt: »Hier ist es wunderbar. Alles andere Donnerstag um zehn.« Denn unter ihnen galt das eherne Gesetz, niemals Spuren zu hinterlassen. Das hieß: keine Benachrichtigung per E-Mail oder per SMS versenden. Denn diese konnte nicht nur jeder mitlesen, sondern auch abspeichern. Doch wer würde auf einer Ansichtskarte eine wichtige Nachricht vermuten? Zumal in einer Zeit, in der sich alle Welt modernster und für jedermann zugänglicher Kommunikationsmittel bediente.

Karla nahm schon beim ersten Klingeln den Hörer ab und meldete sich mit dem Schlüsselwort: »Pierre bringt die Forellen mit.« Danach erfuhr Hirschinger, dass Karla die Apotheke in Albi in seinem Auftrag verkauft hatte und nun auf ihren Einsatz in Halle wartete. Ihre Frage nach ihrer Vorgängerin beantwortete Hirschinger nur knapp:

»Das hat sich erledigt, die kommt nicht zurück.«

Rückblende: ein Jahr zuvor. Brüssel, Stadtteil Uccle. Henryk Janssen, den jeder in der Szene nur als Mao-Mao kannte, hatte sich katzengleich an den Mann im Sessel vor ihm geschlichen – dann hatte er Christoph von Sidlars Genick mit einem kräftigen Griff nach hinten gedrückt. Als dessen Kopf nach einiger Zeit kraftlos nach vorn fiel, hatte die »Lageristin« so lautlos, wie sie gekommen war, längst schon die Wohnung verlassen. Ins Türschloss hatte sie zuvor noch den Schlüssel gesteckt. Henryk Janssen, alias Mao-Mao, schloss damit Tom Wegelius' Wohnung sorgfältig ab. Zweimal, so wie es auch Wegelius immer tat. Danach warf er den Schlüssel vom Auto aus in die Schelde. Irgendwo im schönen Belgien. Wen er gerade umgebracht hatte, interessierte ihn nicht. Er kannte ja – seiner eigenen Sicherheit wegen – nicht mal den Namen des jeweiligen Opfers.

Die »Lageristin« atmete tief durch, als sie endlich im Taxi saß. Sie wusste, dass sie sich auf Mao-Mao verlassen konnte. Jederzeit. Denn dessen Sorgfalt bewies ihr immer wieder, wie banal das Böse war. Man musste es nur gezielt instrumentalisieren.

Im Drogengeschäft lebten die Bosse und deren Zuarbeiter in ihrer eigenen Welt, folgten einem Wertesystem, in das die Wirklichkeit nicht einzudringen vermochte. Traten dennoch einmal Skrupel auf, wusste jeder, erst recht der gefragte Profikiller Henryk Janssen, alias Mao-Mao, auch damit umzugehen. Er wusste, zumindest seit er vor mehr als zwanzig Jahren einem im Wortsinne mörderischen Sonderkommando des südkoreanischen Geheimdienstes angehört hatte, dass einzig und allein Disziplin und Gehorsam zählten; egal, welchem Zweck sie auch dienten. Ob der unauffälligen Beseitigung eines oppositionellen Studentenführers in Seoul oder – wie in Brüssel – eines ehemaligen deutschen Offiziers. Oder vielleicht auch einer Apothekerin in Halle. Nur keine Skrupel!

Und wenn einen trotz allem einmal Zweifel beschlichen, war es immer ratsam, wegzuschauen und zu schweigen. Das hatte sein Vater, daheim in einem niederrheinischen Kaff an der holländischen Grenze, Janssen schon im Alter von vierzehn Jahren eingebläut. Der Vorgesetzte, so predigte es sein deutscher Vater, habe schließlich immer recht, vor allem dann, wenn er erkennbar im Unrecht sei. Und seine koreanische Mutter hatte dazu ergeben genickt – und sanft gelächelt. Klein beigeben und wegschauen, aber die Schwächeren eindrucksvoll verprügeln. So war Henryk Janssen auf der anderen Rheinseite, in den Niederlanden, zu einem gefürchteten Karatekämpfer aufgestiegen. Wie einen Heiligen hatten seine Schüler ihn dort verehrt. Es hätte immer so weitergehen können. Doch sein Vater hatte ihn auch gelehrt, aus allem viel, sehr viel Geld herauszuschlagen: »Denn es gibt für alles einen Markt! Und: Jeder Mensch hat seinen Preis!«

Also heuerte er beim südkoreanischen Geheimdienst an. Dort fragten sie ihn bei der Einstellung: »Ab wie viel Jahren darf man ein Kind foltern?« Henryk Janssen war auf der Hut, spürte, dass man von ihm eine sachbezogene und keine emotionale Antwort erwartete. Also erwiderte er nach längerem Nachdenken, es komme nicht so sehr auf das Alter, sondern auf das Gewicht des Kindes an. Der Körper müsse schließlich beim Foltern etwas aushalten, dafür brauche es einiges an Gewicht. Mindestens fünf, besser noch: sieben Kilo. Janssen bekam den Job. Und danach auch den in Brüssel bei der »Lageristin«. In ihrem Auftrag machte er sich nun auf den Weg nach Pößneck, zu Schmuddel-Edes *Alter Eiche.* Dort würde er auch Hirschingers rechte Hand treffen, den allwissenden Solnick.

»Keinen weiteren Mord, nur beide zu Tode erschrecken.« So lautete diesmal die Order.

4

Jakob Salomons Einführung bestand nur aus einem einzigen Satz, doch der besagte alles.

»Also«, hob der promovierte Jurist von der renommierten Sarah-Kirsch-Gesellschaft an, »denkt immer dran: Wie vieles andere, was in dieser einst ärmlichen Gegend einfach war, wurden auch die Gerichte mit sehr einfachen Zutaten gekocht. Man hatte nun einmal nicht viel, und danach mussten sich unsere Altvorderen richten. Das heutige Gericht, der Hallesche Topf, galt vor allem deshalb als Herbst-Essen, weil man in dieser Jahreszeit – wie man noch heute sagt – in die Pilze geht. Das füllte die ohnehin schon kurzen Sonntagnachmittage der Familien aus, und es füllte am Abend auch die leeren Mägen. Außerdem war die Zubereitung überaus simpel. Man konnte kaum etwas falsch machen. Allerdings gibt es diverse Varianten. Ich habe mir heute eine Version ausgesucht, die folgendermaßen geht.« Mit diesen Worten zeigte Jakob auf einen irdenen Schmortopf, in dem kleingeschnittene Fleischstücke in einer tiefbraunen Sauce vor sich hin simmerten. »Du nimmst«, erklärte der etwas rundliche Geschichtsforscher, »für vier Personen am besten ein ganzes Kilo Schweinefleisch. Mageres Schweinefleisch, das bereits vom Fleischer gewürfelt worden ist. Bevor ich aber diese Fleischstücke in die Pfanne gegeben habe, habe ich sie noch etwas kleiner geschnitten. Das dauert zwar seine Zeit, doch ich finde, es schmeckt dann besser. Solche Stücke lassen sich viel besser mit der Gabel aufspießen. Nachdem das Fleisch zusammen mit rund hundertfünfzig Gramm Speck angebraten wurde, habe ich es mit zwei großen Gläsern Rotwein abgelöscht. Danach habe ich noch ein Lorbeerblatt, zwei, drei Nelken, Salz und Pfeffer an alles getan und es dann auf kleiner Flamme etwas mehr als eine gute Stunde köcheln lassen.«

Mirjam lächelte vor sich hin, sagte aber kein Wort zu Jakobs Ausführungen. Kochen war nicht so sehr ihr Ding. Gut essen und dabei nächtelang mit Freunden beim Wein sitzen und reden, ja, da war sie immer gern dabei. Aber kochen? Lieber nicht. Also zog sie sich mit einer halben Flasche Teutschenthaler Spätburgunder in Jakobs Wohnzimmer zurück, das an allen vier Wänden vom Boden bis zur Decke mit Büchern vollgestellt war.

In der ebenso geräumigen wie gemütlichen Küche, mit einer ansehnlichen Kochbuch-Sammlung über einem Sofa aus längst vergessenen Zeiten, fuhr Salomon eigens für Tom mit seinem Kochkurs fort.

»Du darfst alles nur so lange köcheln lassen, bis es anfängt einzudicken. Dann einfach den Herd abstellen.« Er lächelte und setzte nun seinen küchen-historischen Vortrag dort fort, wo er begonnen hatte: »Was wir heute kochen, war in den einst kargen Zeiten, und davon gab's ja an der Saale mehr, als den Menschen hier erträglich sein konnte, ein ganz besonderer Schmaus. So etwas war damals, aber auch noch zu DDR-Zeiten ein richtiges Festessen. Ob die Leute vor zwanzig, dreißig Jahren jederzeit frische Champignons bekommen konnten, weiß ich nicht, oder ob sie diese durch eine andere Pilzsorte ersetzt haben, spielt keine Rolle. Denn die eine passt so gut wie die andere. Ich jedenfalls habe uns auf dem Markt ein Pfund brauner Champignons gekauft, habe sie nur abgebürstet und brate sie nun separat an.« Es zischte, als Salomon die Pilze in die Pfanne gab. Als sich alles beruhigt hatte, pfefferte und salzte er die Pilze und gab zum Schluss noch einen Spritzer Zitronensaft hinzu. »So, und nun geben wir alles zum Gulasch.«

Tom, der selbst gern und gut kochte, wunderte sich ein wenig: »Warum gibst du weder Zwiebeln noch Knoblauch dran – oder kommst das erst zum Schluss hinein?«

»Nichts von alledem gehört in einen Halleschen Topf.« Jakob schüttelte den Kopf. »Eine solche Mischung kannten die Leute früher doch gar nicht. Du kannst stattdessen, je nach Geschmack, zwar etwas Zucker an die Sauce geben, denn auch das dickt sie ein wenig an und macht sie meist auch etwas würziger – aber niemals Knoblauch, auch keine Zwiebeln.«

Tom schmunzelte, nahm einen Schluck vom angebotenen Küchenwein, im dem Falle vom gelobten Teutschenthaler Blauen Spätburgunder, und fühlte sich so wohl und rundum geborgen, wie seit langer Zeit nicht mehr.

Jakob zog einen noch größeren Topf hervor.

»So, und nu kommt der Clou vons Janze!«, erklärte er. »Schließlich befinden wir uns hier in einer traditionellen Kartoffelgegend. Früher ging hier ohne Kartoffeln gar nichts. Kein einziges Essen. Auch heute ist es noch nicht sehr viel anders geworden.«

Jakob griff während seines kulinarischen Exkurses nach einer gebutterten Auflaufform, gab den Kartoffelbrei hinein und begann, diesen mit einem extra breiten Holzlöffel sorgfältig glatt zu streichen. Dann goss er das Gulasch darüber, fischte das Lorbeerblatt und die Nelken heraus, streute über alles drei Handvoll geriebenen holländischen Käse und schob die Form in den Ofen.

»Voilà! Jetzt gehen wir zu Mirjam. Die schüttelt sicher schon den Kopf über zwei erwachsene Männer, denen Kochen wichtiger als eine schöne Frau zu sein scheint.«

Es war behaglich bei Jakob, ausgesprochen anheimelnd. Tom hatte zuvor seine Schwierigkeiten gehabt, hinter der »Heide«, dem halleschen Stadtwald, in der nebligen Dämmerung den Erlenweg zu finden. Trotz aller Ortskenntnisse aus Jugendtagen, wo er häufig den Kolkturmberg – die höchste Erhebung der »Heide« – hinaufgestiegen war und die Aussicht auf Halle genossen hatte. Hierher, in den entlegenen Erlenweg, weitab des städtischen Getöses, hatte sich Jakob zurückgezogen – oder sollte man sagen: verkrochen? Er hatte in mühseliger Kleinarbeit und über viele Jahre hinweg ein Häuschen, dessen frühere Besitzer sich partout nicht mehr ausfindig machen ließen, instand gesetzt und wohlig eingerichtet.

»Eigentlich«, erklärte Jakob die Risse in den tragenden Wänden, »ist dieses Haus eine ewige Baustelle, und so etwas will, außer mir, sowieso niemand mehr haben. Das Bauamt würde wohl nach einer Besichtigung sagen: ›Wenn wir es nicht abreißen, wohnen Sie zumindest auf eigene Gefahr in dieser Höhle.‹«

Der für fünf Personen gedachte und mit viel Hingabe gekochte Hallesche Topf war irgendwann geleert, ebenso die vierte Flasche Rotwein aus Teutschenthal. Tom fühlte sich, als sei er wieder zu Hause angekommen. Dennoch wurde er das Gefühl nicht los, dass ihn von Mirjam Wrangel zumindest ein Rest vorsichtiger Distanz trennte. Was nicht von seiner, sondern eher von ihrer Seite ausging. Er hatte in den letzten fünfundzwanzig Jahren viele investigative Recherchen durchgeführt, hatte sich dabei Freund zu Feind und Feind zu Freund gemacht; deshalb sagte ihm auch diesmal sein Bauchgefühl: Vorsicht! Irgendetwas stimmt mit dieser Frau nicht. Aber was stimmte nicht mit ihr?

Woher sollte er wissen, dass die Mittdreißigerin aus einer alten Winzerfamilie an der Unstrut in ihrem ersten Beruf zur verdeckten Ermittlerin im Polizeidienst ausgebildet worden war, bevor sie sich der Juristerei verschrieben hatte? Wobei sie aber weiterhin ihr Schieß- und Sporttraining betrieb; also ständig einsatzbereit geblieben war. Als ermittelnde Juristin einer Anti-Terrorabteilung. Vielleicht rührte daher ihre Art, sich so streng zu geben.

Anderntags stand Wegelius wie verdattert in Mirjams Vorzimmer.

»Die Chefin«, bürstete Lotte Meister, Mirjam Wrangels unerbittlicher Zerberus, ihn erst einmal ab, »hat sich einige Tage Urlaub genommen. Sie brauchen sich also in dieser Woche gar nicht mehr hier blicken zu lassen.«

Toms Misstrauen, das sich schon am Vorabend bei Jakobs Halleschem Topf immer mal wieder eingestellt hatte und das er versucht hatte zu unterdrücken, ließ sich nun beim besten Willen nicht mehr verjagen. »Ist die Staatsanwältin denn in Halle geblieben?«, fragte er recht kleinlaut.

»Privates hat Sie nicht zu interessieren!«, kanzelte Lotte Meister Wegelius ab, ohne auch nur aufzublicken. Dann lenkte sie doch noch ein: »Also gut: Die Chefin ist für einige Tage nach Hause gefahren, an die Unstrut.«

Wer hat denn hier auf einmal die Atmosphäre vergiftet, wunderte sich Tom. Vor allem, warum? Aber lieber keine weiteren Fragen stellen und stattdessen schön höflich bleiben, dachte er und bedankte sich so artig wie er nur konnte:

»Sehr nett von Ihnen, Frau Meister. Ich wünsche Ihnen – bei aller Arbeit – noch einen schönen Tag.«

Er verließ das Gerichtsgebäude auf dem Hansering, lief dann schnurstracks die Rathausstraße hinunter, danach quer über den Marktplatz, huschte am Händel-Denkmal vorbei und spurtete in die Große Märkerstraße hinüber. Dort, wo Jakob Salomon in der Sarah-Kirsch-Gesellschaft sein Büro hatte. Vielleicht konnte der ihm ja helfen. Tom las an einer großen Tafel im Erdgeschoss: »Leitung: Dr. Jakob Salomon. Erste Etage, Zimmer 14 (Anmeldung)«. Er machte sich auf den Weg, klopfte an der Tür zu Zimmer 14 und sah sich zu seiner Überraschung einer jungen schwarzhaarigen Schönheit gegenüber.

»Guten Tag, ich möchte zu Herrn Salomon. Mein Name ist Tom Wegelius.«

Die mediterrane Schönheit musterte ihn von oben bis unten und rief dann mit lauter Stimme durch die halboffene Tür ins Nebenzimmer hinüber: »Jakob, du hast Besuch. Bist du schon empfangswillig?«

Aus dem Nebenzimmer hörte Tom als Antwort das hebräische Wort »Beseder«, das so etwas Ähnliches bedeutet wie »d'accord« oder »okay« – aber eher unfreundlich geknurrt als freudig gerufen. Die Schöne wies Tom dennoch mit einer freundlichen Handbewegung den Weg zu Jakobs Büro.

»Mirjam ist verschwunden«, eröffnete Tom nach einem knappen Gruß unvermittelt das Gespräch. »Ihre Sekretärin sagte mir eben, sie sei für ein paar Tage nach Hause gefahren. Weißt du, wo das ist?«

Jakob Salomon grinste über sein ganzes rundes Gesicht.

»Ich dachte, so etwas hättest du als investigativer Journalist von europäischem Rang schon längst mit links herausgekriegt. Aber ich sage es dir gern, denn es ist ja kein Geheimnis: Ihr Zuhause ist das väterliche Weingut Wrangel in Freyburg an der Unstrut. Du solltest einfach hinfahren und sie dort überraschen. Am besten ist es, du nimmst den nächsten Zug. Von der Eisenbahn aus kannst du die wunderschöne Landschaft auch wirklich richtig genießen.« Jakob dachte einen Augenblick nach, dann rief er ins Vorzimmer hinüber: »Sarah, buchst du bitte gleich mal im *Hotel Rebschule* in Freyburg zwei Einzelzimmer für heute. Eines für mich, das andere für Herrn Wegelius.«

Tom sah ihn verdutzt an, doch Jakob beantwortete seinen fragenden Blick mit einem Lächeln.

»Ich kenne mich dort aus. Es wird dir gefallen. Du packst also ein paar Sachen ein und machst dich schon mal auf die Socken. Ich habe in der Zwischenzeit hier in Halle noch einiges zu erledigen und komme nach. Wir treffen uns gegen sieben Uhr in Freyburg, in den *Altdeutschen Weinstuben.* Dort servieren sie zum

Ziegenkäse ein Birnenkompott in Weißwein – einfach zum Niederknien. Aber bevor du nach Freyburg fährst, solltest du mir endlich erklären, warum du hinter dem scheinbar unlösbaren Rätsel Leuna her bist. Dass du ursprünglich aus Halle stammst, habe ich längst herausgefunden. Aber das allein kann ja nicht der Grund dafür sein.«

Jakob habe recht, meinte Tom, das sei nun wirklich nicht der Grund gewesen. Zumal sich die Redaktion von *Brussels Background* mittlerweile seit fünfundzwanzig Jahren mit dem Rätsel Leuna beschäftige.

»Uns fiel schon sehr zeitig auf«, klärte er Salomon weiter auf, »dass nicht die Westdeutschen, erst recht nicht die Amerikaner, aber auch nicht die Skandinavier, sondern die Franzosen am aktivsten um Leuna, aber auch um andere Chemiebetriebe in der ehemaligen DDR gebuhlt haben – erfolgreich übrigens, aber auch unter beachtlichen finanziellen Opfern. Warum das so war? Von den Westdeutschen fühlten sich die Ostdeutschen übervorteilt, ebenso von den Amerikanern. Die charmanten Franzosen haben das gnadenlos ausgenutzt – und wir bei *Brussels Background* wussten viel darüber, denn wir unterhalten hervorragende Kontakte zu französischen Informanten. Und zwar seit vielen Jahren. Zu Managern, Politikern, zu Kollegen in den dortigen Redaktionen.«

Das leuchte ihm ein, antwortete Jakob. Trotz allem müsse Wegelius etwas Außergewöhnliches angelockt haben.

»Es war Françoise Sagan«, antwortete Tom zu Jakobs Verblüffung.

Auf Jakobs Frage, was die 2004 verstorbene französische Verfasserin gefühlsseliger Romane mit etwas derart Profanem wie den Chemieanlagen in Mitteldeutschland am Hut gehabt hätte, holte Tom aus:

»Sie soll, auf Vermittlung ihres engen Freundes François Mitterrand, seinerzeit sozialistischer französischer Präsident, umgerechnet etwa achthundertundfünfzigtausend Euro Schmiergeld aus der ELF-Affäre erhalten haben. Dafür wollte ELF-Leuna – über einen Mittelsmann, den die Sagan decken sollte – einen milliardenschweren Öl-Deal mit Usbekistan eingefädelt haben. Die Sagan habe danach angeblich vergessen, diese Kleinigkeit in ihrer Steuererklärung zu erwähnen. Nun gut, wenn man, wie noch heute zu lesen ist, pro Monat fünfzehntausend Euro für Kokain ausgegeben hat, rutschen einem achthundertundfünfzigtausend Euro schon mal so durch. Außerdem wurde dieses Geld nie gefunden. Doch irgendein Sagan-Verehrer soll für ungefähr diese Summe ihr Landhaus in der Normandie von Grund auf renoviert haben. Das haben die Finanzbehörden dann als sogenannten geldwerten Vorteil für Madame eingestuft.«

»Pikant, pikant«, lächelte Jakob.

Mirjam lugte um den Tresen herum: keine Seele weit und breit. Nur der penetrante Gestank von abgestandenem Bier und Essensresten stieg ihr in die Nase. Sie robbte zwischen den alten Stühlen durch und schlängelte sich zur Küchentür hinüber. Da lag sie nun. Fast unsichtbar, so, wie sie es gelernt hatte. Doch was tun? Eigentlich, schoss es ihr durch den Kopf, dürfte sie hier gar nicht liegen. Jedenfalls nicht mutterseelenallein. Stattdessen hätte sie die *Alte Eiche* auf allerschnellstem Wege verlassen müssen, um vor der Tür dieses heruntergekommenen Etablissements auf mindestens zwei Polizisten vom nächsten Revier zu warten. So verlangten es jedenfalls die Dienstvorschriften. Und so sagte es ihr auch die Vernunft. Doch eigentlich, überlegte Mirjam, ermittelte sie ja gerade undercover. Und eine solche Aktion würde mit zwei uniformierten Beamten an der Seite gnadenlos in die Grütze gehen.

Also entsicherte sie ihre Beretta 92 FS und stieß mit kräftigem Elan die Schwingtür zur Küche auf. Doch irgendetwas stoppte den Schwung abrupt. Etwas, das unmittelbar hinter dieser Tür liegen musste. Mirjam konnte die Tür nur ein winziges Stück weiterschieben, doch es reichte, um durch den schmalen Spalt in die Küche zu schlüpfen. Vorsichtig richtete sie sich auf – und sah in das niederträchtig grinsende Gesicht eines riesigen Glatzkopfes, den ein zotteliger grauer Seehundsbart verunstaltete. In seinen beiden Händen blinkten schmale lange Messerklingen. Wahrscheinlich wird er auch noch kleinere Messer bei sich tragen, durchzuckte es Mirjam. Im linken oder rechten Stiefel – oder sogar in beiden. Vermutlich hat er auch noch auf dem Rücken, im Gürtel, einige Messer versteckt, schnell zu greifen unter der kurzen schwarzen Lederjacke. Wahrscheinlich speziell angefertigte Wurfmesser. Präzisionswerkzeuge. Extra fürs Töten erfunden. »Gnadenbringer«, wie diese Dinger in der Branche hießen. Der grinsende Glatzkopf konnte offensichtlich ganz hervorragend damit umgehen, schließlich sah dieser räudige Seehundsbart nicht danach aus, als habe er jemals den Kürzeren gezogen.

»Polizei!«, brüllte Mirjam und, ohne den Bruchteil einer Sekunde die Hände des Glatzkopfes außer Acht zu lassen, gleich noch: »Messer weg!«

Was blitzartig geschah. Dem ersten heranfliegenden Messer konnte sie gerade noch ausweichen, das zweite erwischte ihren linken Ellenbogen, zerfetzte ihre Lederjacke, zerriss darunter ihren Pullover und bohrte sich schließlich in ihren *Epicondylus lateralis humeri* – direkt über dem Ellbogengelenk.

»Hände hoch«, brüllte Mirjam, und wieder reagierte der Glatzkopf ebenso reflexartig wie der berühmte Pawlowsche Hund. Denn nun zog er gleich zwei kurze Wurfmesser hinter seinem Rücken hervor und schleuderte sie, wie kleine Raketen, von oben herab auf Mirjam. Doch als ehemalige Schülerin der Mitteldeutschen Polizei-Akademie war sie auch darauf gefasst und glitt pfeilschnell auf den schwarzweiß gefliesten Küchenboden, so dass sie genau unter der Flugbahn der heransurrenden Messer landete.

Ihre Knie knirschten dabei, aber sie spürte den dumpfen Schmerz nicht und riss sich erst mal das fünfzehn Zentimeter lange Wurfmesser aus dem blutenden Oberarm. Wobei sie nur einen einzigen Gedanken hatte: Jetzt nur keinen Nahkampf mit diesem Ungeheuer! Den überlebe ich nicht!

Sie wusste längst, käme sie diesem wahnwitzigen Messerwerfer zu nahe, würde der sogar noch mit seinem letzten Messer Zürcher Geschnetzeltes aus ihr machen. Aufgeben würde dieser Mann nie. Entweder töten oder selbst getötet werden – das hatten sie ihm beim serbischen Mordkommando Nasa Stvar schon sehr zeitig eingebläut. Und dann immer und immer wieder. Vor jeder lautlosen Hinrichtung, ob in Bosnien oder Kroatien oder sonst wo auf dieser Welt. Auch wusste er: würde ihm diese deutsche Furie entwischen, wäre das sein Todesurteil. Dann würden ihn seine Auftraggeber, die stets im feinen Zwirn auftretenden Herren aus der kalabrischen 'Ndrangheta, ohne Umschweife foltern lassen: ganz langsam und ganz unehrenhaft. Und er würde dabei winselnd um Gnade flehen und Taten gestehen, die er nie in seinem Leben begangen hatte.

Aber auch Mirjam wusste, dass es hier nicht um eine Verhaftung mit anschließendem Verhör ging, sondern ums nackte Überleben! Schließlich tötete dieser Mann nicht zum ersten Mal und auch nicht zum ersten Mal auf diese infernalische Weise. Wenn sie ihn nicht erschießen würde, würde er das nächste Messer nach ihr werfen. Und mit dem nächsten Wurf würde er ihr Herz treffen.

Im Schutz der Küchentür richtete sie die Beretta auf die Stirn des Glatzköpfigen, genau zwischen seine graugrünen Augen, die – ausdruckslos, wie die eines australischen Killer-Krokodils – zu ihr hinüberblickten. Mirjam schoss wie in Trance. Der riesige Mann vor ihr sackte im Zeitlupentempo in sich zusammen – und fiel ihr um ein Haar auf die schicken neuen Wildleder-Stiefel. Erschrocken sprang sie einen halben Schritt zur Seite.

Erst jetzt bemerkte sie, wie das Blut den Ärmel ihrer Lederjacke durchtränkt hatte. Vorsichtig zog sie die Jacke aus, schob den Ärmel ihres Pullovers hoch, riss ein scheinbar sauberes Handtuch vom Haken und band notdürftig ihren blutenden Arm ab. Dann musterte sie den Raum. Auf der Stirnseite vergitterte Fenster. Da wäre für sie auch kein Entkommen gewesen. Auch deshalb lagen auf dem Küchenboden jetzt zwei tote Männer: der Profikiller aus Serbien – und Schmuddel-Ede, der Wirt der *Alten Eiche.* Ihn hatte der serbische Messerheld wohl mit Jürgen Solnick verwechselt. Ein kleiner roter Blutfleck, dort, wo das Herz sein musste, signalisierte Mirjam, dass der Mann vom Balkan sein versehentliches Opfer mit einem speziell für Hinrichtungen hergestellten Messer getötet hatte. Mit einer »Misericordia«, wie altgediente Mafiosi die »Barmherzigkeits«-Klinge nannten. Vermutlich, dachte Mirjam, hat er seinem Opfer dabei genau in die Augen gesehen, als er es mit einem einzigen präzisen Stich tötete.

Dann ging sie hinaus in den halbdunklen Schankraum und telefonierte mit der Polizei in Pößneck. Sie blickte auf die große Bahnhofsuhr über dem Tresen: es war 15.50 Uhr. Höchste Zeit, das »Geschlossen«-Schild an die Tür zur *Alten Eiche* zu hängen. Einige hundert Meter weiter, flussaufwärts, hatte sie ihren grünen Mini geparkt. Sie warf die blutverschmierte Lederjacke in den Kofferraum, nahm ein frisches Oberteil aus ihrer Reisetasche und machte sich auf den Weg zur Polizei-Inspektion Pößneck in der Bahnhofstraße. Mit einer Bürste aus ihrem Handschuhfach brachte sie ihr durcheinandergeratenes Haar in Ordnung, betrat forschen Schrittes das Revier, grüßte eher zackig als freundlich und legte ihren Dienstausweis auf den Tresen.

»Und wie kann ich Ihnen helfen, Frau Kollegin?«, fragte der junge Beamte amüsiert lächelnd.

Mirjam erzählte ihm knapp, aber verständlich, was sie bewogen hatte, die *Alte Eiche* zu inspizieren, und was sich dort ereignet hatte.

»Bitte, überspielen Sie von meinem Handy mein Protokoll für Ihre Dienststelle. Ich fahre jetzt zum Arzt und dann nach Hause, auf das Weingut Wrangel in Freyburg. Sie können mich jederzeit dort erreichen.«

Wegelius hatte sich indes im halleschen Hauptbahnhof in den Zug gesetzt und war, via Naumburg, ins Burgenland gefahren. Als es an Bad Kösen vorbeiging, stieg die Erinnerung in ihm auf. Wie oft hatte er hier mit seiner Mutter im Kurpark gesessen und die salzhaltige Luft des Gradierwerkes daneben genossen. Er schaute zum Zugfenster hinaus: Ja, Jakob hatte recht. Er fühlte, wie sein Puls immer ruhiger schlug. Was offenbar an der sanften, berückend schönen Landschaft lag, die sich vor ihm ausbreitete. Mit ihren Weinbergen, Wiesengründen, Burgruinen und alten Städten. In Freyburg angekommen, schlug sein Puls jedoch schon wieder schneller. Er dachte an Mirjam. Und so marschierte er schnurstracks zum Weingut Wrangel, wo ihn ein rotbäckiges, etwa zwanzigjähriges Mädel mit unverkennbar südbadischem Dialekt empfing.

»Die Chefin«, strahlte ihn diese Winzerbraut an, »ist unterwegs, auf Kundenbesuch. Da kommt ja immer einiges zusammen, weil sie unter der Woche meistens unten in Halle auf dem Gericht schafft. Aber ihr Vater«, plapperte die Rotbäckige ungeniert weiter, »kann das ja in seinem Alter gar nicht mehr alleine schaffen. Großkunden empfängt er zwar immer noch – aber sonst? Ich kann natürlich für Sie ein Gespräch mit ihm arrangieren oder Ihnen auch schon einiges zeigen und empfehlen. Sie sind sicher ein passionierter Weinliebhaber?«

Tom fühlte sich unvermittelt in eine Zeit versetzt, in der Heimatfilme wie *Moselfahrt aus Liebeskummer* oder das *Schwarzwaldmädel* der ganz große Renner waren und die Zuschauer in die Kinos zogen.

»Was hat Sie denn in diesen wunderschönen deutschen Winkel verschlagen?«, fragte er die Rotbäckige geradeheraus.

»Die pure Neugierde!«, strahlte das »Schwarzwaldmädel«. »Ich komme aus einer Winzerfamilie im Südbadischen, war schon im Rheingau, auf einem befreundeten Weingut, und hörte dort, dass man hier jemanden suchen würde, der die Kunden beraten und herumführen kann. Was darf ich Ihnen also zeigen?«

Tom sagte ihr, er würde im *Hotel Rebschule* logieren und am Abend in den *Altdeutschen Weinstuben* essen. Er würde sich freuen, wenn sie diese Nachricht an ihre Chefin weitergeben könnte. Er müsste Frau Wrangel dringend sprechen. Das »Schwarzwaldmädel« lächelte, griff nach einem Zettel und notierte alles gewissenhaft.

Kaum hatte sich Tom auf den Weg ins Hotel gemacht, tauchte Mirjam hinter der Rotbäckigen auf.

»Ist er weg?«, fragte sie leise. »Gut, dann gib mir den Zettel. Ich kümmere mich drum, sobald ich kann.«

Denn vorerst war noch Dienstliches zu erledigen. Die Vorgänge in der *Alten Eiche* ließen sich nicht einfach zu den Akten legen. Oberstaatsanwalt von Szolt wollte schließlich, obwohl er die Pensionsgrenze fast überschritten hatte, noch einmal Erfolge vorweisen.

»Schön, Herr Oberstaatsanwalt, dass Sie sich die Mühe gemacht haben, uns hier oben zu besuchen. Aber die Polizei-Inspektion Pößneck hat längst ein Protokoll von mir vorliegen, und mein Vater ist auch im Haus, um Sie – wie üblich – in Sachen Wein zu beraten«, begrüßte sie freundlich den würdigen älteren Herrn.

»Sie wissen, Ihren Wein kaufe ich schon seit Jahren sehr gern«, winkte von Szolt knapp und energisch ab. »Vor allem geht es mir um die Geschichte in der *Alten Eiche*. Da kommen wir ja erst mal keinen Schritt weiter. Denn beide Zeugen sind ja leider tot und deshalb nicht mehr vernehmbar.«

»Entschuldigung.« Mirjam hob beschwichtigend die linke Hand. »Aber es ging leider nicht anders. Ich glaube nur, dass der Serbe, der mich mit seinem Messer-Arsenal empfangen hat, zu einer ganzen Bande gehört, aber zu einer, die nichts auf eigene Faust unternimmt. Das war – so die europäischen Polizeiregister – ein gedungener Killer. Nur wissen wir nicht, warum er ausgerechnet hier in Aktion getreten ist. Offensichtlich kämpfen bei uns, wo niemand es erwartet, zwei Organisationen um irgendein Vorrecht oder irgendeine Ware. Das festzustellen ist unser nächster Schritt.«

Oberstaatsanwalt von Szolt hörte geduldig zu.

»Also, ich will Ihnen, Verehrteste, doch keinerlei Vorwurf machen. Gehen Sie jetzt und besuchen Sie Ihren Bekannten in den *Altdeutschen Weinstuben,* bevor er noch weiter an Stellen bohrt, die er besser in Ruhe lassen sollte.« Er drehte sich um und ging ins Haus.

5

»Warum hat dich der Wirt eben Benno genannt und nicht Jakob? Der Mann ist ein alter Bekannter von dir, nicht?«, fragte Tom seinen neuen Freund beim Abendessen in Freyburgs *Altdeutschen Weinstuben.* Beim wunderbar zarten Braten aus der Hirschkeule, der seinen Eigengeschmack nicht verloren hatte und zu dem außer Rotkohl die obligatorischen Thüringer Klöße gereicht wurden. Man konnte ein solches handfestes Essen in dieser Jahreszeit, Mitte Oktober, schon durchaus vertragen. Mit Genuss und ohne schlechtes Gewissen. Draußen regnete es wieder Bindfäden, und die Temperatur schien die garstigste Zeit des Jahres vorwegnehmen zu wollen. Da war es drinnen jetzt ganz besonders angenehm. »Also Jakob, warum nennen dich einige alte Freunde Benno?«

Jakob griff zum Weinglas – und leerte es in drei kräftigen Zügen. Was für ihn, den passionierten Weinliebhaber, höchst ungewöhnlich war.

»Benno«, erklärte er dann, »war zu DDR-Zeiten jahrelang mein Deckname bei der Stasi. Ich wollte ihn nach der Wende eigentlich beibehalten, denn alle, die ich bespitzeln musste, kannten mich ja als Benno. Dann habe ich mich aber zu meinem jüdischen Namen Jakob Salomon durchgerungen – und fertig war die Laube.«

Nun war es an Tom, das mit Wrangelschem Spätburgunder gefüllte Glas vor Verblüffung in drei schnellen Zügen zu leeren. Jakob – ein früherer Stasi-Spitzel?

»Anders«, erklärte Salomon nun, »hätte ich vor allem unbedachte Jugendliche in den späten achtziger Jahren doch gar nicht vor Polizei und Stasi schützen können. Ich trug also bewusst auf beiden Schultern. Der Stasi lieferte ich oft nur unbrauchbares Spielmaterial, und den Jugendlichen, meist Fußball-Anhängern oder Rock-Fans, hoffte ich, somit ein wenig Sicherheit zu verschaffen. Klappte natürlich nicht immer. Denn einige von ihnen haben sich in den Verhören doch verplappert und sind dann sogar in den berüchtigten Jugendstrafanstalten, wie in Torgau, gnadenlos vor die Hunde gegangen. Das konnte ich nicht verhindern, sonst hätte ich wiederum andere gefährdet. Und vor allem deren Eltern.« Jakob goss sich Wein nach, nahm einen kräftigen Schluck und schaute nachdenklich in die Freyburger Regennacht hinaus.

»Und wie hast du von alledem profitiert?«, fragte Tom.

Wieder nahm Jakob erst einmal einen tiefen Schluck. »Ich wusste am Ende der DDR, also 1989, über sehr viele Familien in der halleschen Innenstadt ziemlich genau Bescheid. Ich kannte ihre Verwerfungen ebenso wie ihre Aussöhnungen. Aber auch ihre anhaltenden Feindschaften. Nicht unwichtig, wenn ich wieder mal jemandem helfen muss, der sich in irgendeine krumme Sache verstrickt hat.«

Tom ließ nicht locker. »Und sie haben dich Jura studieren lassen?«, wollte er wissen.

»Richtig!« Jakob nickte. »Während des Studiums entstand der Gedanke, vielleicht in der jüdischen Gemeinde als juristischer Beistand helfen zu können. Nur gab es, als das Ende des Arbeiter-und-Bauern-Paradieses besiegelt war, auch in Halle so gut wie keine Mitglieder mehr in der jüdischen Gemeinde. Hilfe brauchte sie dennoch, denn die antisemitischen Umtriebe nahmen zu. Es gibt sie also nicht erst seit heute. Wie es dazu kam, kannst du in meinen Vorträgen nachlesen. Die Reaktionen darauf waren oft sehr heftig – von allen Seiten.«

»Steht der Name Salomon dir da nicht manchmal in Wege?«, wunderte sich Tom.

»Sicher«, erklärte Jakob, »nur trage ich meinen jüdischen Namen ganz selbstverständlich und reise auch immer wieder nach Israel. In der Sarah-Kirsch-Gesellschaft beschäftige ich auch bewusst israelische Bürger, vorwiegend mit deutschen Wurzeln. Du hast in meinem Vorzimmer ja eine von ihnen kennengelernt.«

»Möchten Sie Ziegenkäse mit Birnenkompott?«, unterbrach der Kellner ihr Gespräch.

Jakob bejahte. »Lassen Sie sich mit dem Servieren aber ruhig zehn Minuten Zeit. Nur von diesem Spätburgunder könnten Sie uns schon vorab ein zweites Fläschchen bringen.« Dann lehnte er sich zurück und bot Tom bei dessen Leuna-Recherchen seine Hilfe an. »Am besten«, eröffnete er seine Ideen, »fangen wir in Teutschenthal an. Ich kenne aus alten Zeiten dort noch drei Leute: einen Vorarbeiter, einen Ingenieur und einen Wissenschaftler. Aber lass mich die ersten Gespräche mit ihnen alleine führen, bevor ich dich dann später mitnehme. Auch Mirjam sollten wir erst einmal aus der Sache raushalten. Nicht, dass sie ein falsches Spiel treiben könnte – nein, ganz bestimmt nicht. Aber ich habe schon erlebt, wie forsch sie mitunter vorgegangen ist und dabei denjenigen, der sich uns endlich offenbaren wollte, mit ihrer Art vor den Kopf gestoßen hat.«

Jakob und Tom prosteten sich zu und schauten sich schweigend an.

»Darf ich jetzt das Birnenkompott bringen?«, fragte der Kellner mit der langen weißen Schürze exakt zehn Minuten später ein zweites Mal. Tom und Jakob nickten begeistert.

»Und was weißt du über Dieter Holzer? Er soll ja angeblich bei dem Leuna-Deal von Elf Aquitaine eine Schlüsselrolle gespielt haben«, wollte Jakob wissen, nachdem er den ersten Löffel Kompott in den Mund geschoben hatte.

Tom fasste zusammen, was er in seinen Akten gelesen hatte, die in seiner Wohnung in Halle, auf dem sogenannten Heuboden über der Besucher-Toilette, lagerten. Im Mittelpunkt der noch immer nicht ausgestandenen Leuna-Affäre stehe doch weiterhin der saarländische Manager Holzer, resümierte er. Der mittlerweile Dreiundsiebzigjährige sei seit dem Augsburger Revisionsprozess 2013 auf freiem Fuß.

»Dass die Privatisierung der Leuna-Werke mit seiner Hilfe und mit Millionen an Schmiergeldern vorangetrieben worden war, stand überall zu lesen. Das steht wohl wirklich außer Zweifel«, berichtete Tom weiter. »Aber ich weiß inzwischen auch, dass Holzer einen Teil seiner Millionen-Provisionen mit Hilfe seiner libanesischen Frau auf Konten in den Libanon transferiert haben muss. Daraufhin, heißt es, habe der Bundesanwalt die Akten geschlossen, weil seine Ermittler keinen Einblick mehr bekommen konnten.« Er seufzte und folgerte dann: »Insgesamt achtzig bis hundert Millionen Euro müssen an Schmiergeldern geflossen sein, mindestens. Das ist die eine Seite der Affäre. Die andere: Was ist mit jenen Mitarbeitern geschehen, die, nachdem dieser ganze Chemie-Kladderadatsch privatisiert worden ist, gesundheitlich vor die Hunde gegangen sind und heute im wahrsten Sinne des Wortes am Stock gehen? Und zwar ohne wirkliche Hilfe. Weder durch jene Firmen, die sich an ihnen versündigt haben, noch durch den Staat.«

Mirjam, die am Abend nicht mehr in den *Altdeutschen Weinstuben* aufgetaucht war, stand anderntags in aller Herrgottsfrühe auf einmal in Toms Hotel vor dessen Frühstückstisch. Sie trug den linken Arm in einer Schlinge und winkte lässig ab, als Tom sie bedauern wollte.

»Was ist den passiert?«, fragte Tom besorgt.

»Ist mir beim Aufladen von Weinkisten passiert, nicht der

Rede wert. Aber ich werde deshalb bald nach Halle zurückfahren, denn mit nur einem intakten Arm bin ich hier in Freyburg keine große Hilfe«, plauderte sie munter drauflos.

Tom ließ sich von ihrer vordergründigen Munterkeit nicht anstecken, sondern blieb höflich und reserviert. »Ich bin dir nachgereist, weil ich gemeint habe, in der schier unendlichen Leuna-Geschichte das eine oder andere mit dir im Detail bereden und vielleicht auch abstimmen zu müssen«, erklärte er fast ein wenig kühl.

Mirjam setzte sich ihm gegenüber auf den freien Stuhl, senkte ihre Stimme und blickte ihm in die Augen. »Das machen wir auch. Ich habe es dir doch versprochen«, sagte sie im vertrauensvollen Ton. »Aber jetzt muss ich erst einmal auf dem väterlichen Weingut nach dem Rechten sehen. Doch ich bin ja nicht aus der Welt«, rief sie, schon im Hinausgehen, und verschwand so schnell, wie sie gekommen war.

Draußen, noch im Vorgarten des Hotels, stoppte sie ihre Schritte abrupt und kramte nach ihrem Mobiltelefon. »Herr von Szolt, ich habe alles geregelt«, sprach sie in die Handy-Muschel. »Die *Alte Eiche* bleibt bis auf weiteres geschlossen: Wegen Renovierungsarbeiten, das habe ich auf ein Schild an der verriegelten Tür schreiben lassen. Wir lassen das gesamte Gelände aber rund um die Uhr beobachten, erst einmal eine Woche lang; mal sehen, was dabei herausspringt. Ich habe, Ihr Einverständnis vorausgesetzt, außerdem eine Nachrichtensperre veranlasst. Irgendwann müssten sich doch Verwandte oder Bekannte von Eduard Schulski melden, das ist der bürgerliche Name des ermordeten Wirtes, den alle Welt aber nur als Schmuddel-Ede kannte. Allerdings lässt sich nicht ausschließen, dass trotz allem etwas an die Öffentlichkeit durchsickert. Selbst bei uns in Sachsen-Anhalt und auch im schönen Freistaat Thüringen gibt es Beamte, die der Presse gern einen klitzekleinen, aber umso aufschlussreicheren Tipp geben.

Entweder aus alter Verbundenheit oder gegen ein entsprechendes Entgelt. Da sind wir einfach machtlos.«

Zwei Tage nach Hirschingers Anruf wirbelte Karla, mit dem perfekt gefälschten Zeugnis einer Kölner Apotheke, durch die Paracelsus-Apotheke in Halle an der Saale. Hirschinger saß derweil an seinem Schreibtisch im Hinterzimmer mit den wunderschönen Kacheln – und grübelte. Nur hin und wieder von Karla Lieberknecht gestört, wenn ein Kunde mit einer speziellen Verordnung oder einem komplizierten Wunsch vorstellig wurde. Karla, die seit fast fünfundzwanzig Jahren mit Hirschinger zusammenarbeitete, hatte sich über dessen stille Klausuren noch nie allzu sehr gewundert. Doch diesmal machte sie seine stundenlange Zurückgezogenheit hinter den blinden Bleiglasscheiben nervös; wenngleich sie, nach außen, stoische Gelassenheit mimte. Was wohltuend auf die Kunden wirkte.

Als der Laden leer war, rief der Apotheker auf einmal ungeduldig nach ihr. »Alle scheinen auf einmal wahnsinnig geworden zu sein«, erzählte er aufgebracht. »Nicht nur unsere Partner in Belgien. Auch unsere wissenschaftlichen Mitarbeiter in Jena hat anscheinend der Leichtsinn gepackt.«

Karla Lieberknecht, die noch immer so athletisch wirkte wie zu ihren besten Zeiten als Volleyballspielerin der stärksten DDR-Mannschaften, trat ins Hinterzimmer und nickte ihm besorgt zu. Wusste sie doch: Hirschinger konnte mit den Medikamenten aus Jena, den Zusätzen aus Gerona in Spanien, mit jenen aus Litauen, außerdem mit Kokain und Morphium aus Kolumbien und China sowie dem Heroin aus Afghanistan ebenso leistungssteigernde wie garantiert in die Sucht führende Cocktails mixen. Doch nicht wie am Fließband! Nicht als billige Massenware, also nicht in den nun gewünschten Stückzahlen. Vor allem nicht in dem kleinen Betrieb, den sie in der alten Russischen

Schule hinter Pößneck eingerichtet hatten. Das Teuflische daran: Ausgerechnet sein »Pot Maurice«, jene hochexplosive Mischung aus Kognak, Strychnin, Amphetamin und Speed, hatte sich zu einem absoluten Renner entwickelt. Der »Pot Maurice« war in der Branche zu einer erstklassigen und gefragten Marke aufgestiegen. Nicht bei den über Fünfzigjährigen, den Hobby-Radrennfahrern oder Möchtegern-Marathonis, oder den jenseits der üblichen körperlichen Verfallsgrenze agierenden skandinavischen Skilangläufern; auch nicht bei den überehrgeizigen Rollstuhl-Olympioniken aller Herren Länder – nein, dort wuchs der Absatz nicht von heute auf morgen ins Unermessliche. Auch die Luxus-Fitnessstudios drängten nicht auf drastisch erhöhte Stückzahlen.

Der Ruf nach Stückzahlen, für die Hirschinger mit seiner Mini-Crew eigentlich das Fließband einer kleineren Fabrik gebraucht hätte, kam aus jenen Dealerkreisen, die an den höheren Schulen in Stockholm und Berlin, Brüssel und Paris, Mailand und Zürich, Hamburg und Kopenhagen, an den teuren europäischen Internaten in der Schweiz und den sogenannten Efeu-Universitäten im vornehmen amerikanischen Osten ihre lukrativen Geschäfte versahen. Es ging um die verwöhnten Kinder einflussreicher Eltern, die mit dem »Pot Maurice« für alle Zeiten angefixt werden sollten. Schüler und Summa-cum-laude-Absolventen der Elite-Unis an der Nadel, weltweit – ein Leben lang! So sah das überaus erfolgreiche Geschäftsmodell aus.

Hirschinger war klar: Würden er und seine kleine Crew die Stückzahlen erhöhen, würden sie bald in erheblicher Gefahr schweben. Würde sich in seiner verschwiegenen vornehmen Klientel, weil nicht mehr sorgfältig genug gearbeitet werden konnte, ein »Betriebsunfall« ereignen, »können die Drogenspezialisten in aller Welt den Weg bis zu uns nach Halle und sogar bis zu unseren Wissenschaftlern, saaleabwärts, in Jena verfolgen«, entsetzte er sich so laut, dass Karla erschrocken die Bleiglastür zum Laden schloss.

»Und wenn wir uns weigern? Wenn wir allen erklären, wie gefährlich auch für sie ein anderer Kurs wäre«, schlug sie ihrem verzweifelten Chef vor.

»Dann bestellen sie eben gleich bei den Chinesen«, konterte Hirschinger.

»Dann stünden wir wenigstens nicht mehr mit einem Bein im Zuchthaus«, versuchte Karla, ihr Argument zu untermauern.

»Du hast recht, weil wir, als Mitwisser, sehr bald nicht mehr unter den Lebenden weilen würden. Dafür wird die ›Lageristin‹ schneller sorgen, als uns lieb ist«, wies sie Hirschinger auf die Ausweglosigkeit ihrer Lage hin. »Schließlich hat mich Mao-Mao schon daheim besucht. Ohne Ankündigung überraschte er mich auf einmal in meinem eigenen Wohnzimmer! Er hat schon deiner Vorgängerin in dieser Apotheke das Genick umgedreht. Wir müssen also liefern! Vielleicht können wir zusätzlich eine zweite Produktionsstätte einrichten. Vielleicht in Nordhausen, in einem der unentdeckten Nebenstränge jener unterirdischen Arbeitslager, in denen früher Zwangsarbeiter für Wernher von Brauns Raketen in Peenemünde an Einzelteilen geschraubt haben.«

Hirschinger hatte am frühen Nachmittag seinen acht Jahre alten Skoda genau dort geparkt, wo schon tags zuvor der Mini der Staatsanwältin gestanden hatte. Gut versteckt. Dann war er zur *Alten Eiche* geschlendert, so wie jemand, der unbeschwert seinen Feierabend einläuten wollte, nicht ohne dabei das gesamte Gelände genau zu beobachten. Und siehe da, hinter einer mächtigen Schwarzerle am Flussufer versteckt, lungerte tatsächlich – auffällig, unauffällig – ein Polizeibeamter in Zivil herum. Hirschinger tat so, als sähe er ihn nicht und marschierte vergnügten Gesichtes direkt auf die Tür der *Alten Eiche* zu, um dort, sich bewusst verdutzt gebend, auf das Schild mit der Aufschrift »Wegen Renovierungsarbeiten geschlossen« zu starren.

»Na, dann eben nicht«, knurrte er laut genug, dass es jeder mithören konnte. Dann drehte er sich so abrupt um, dass der ihn beobachtende Zivilfahnder hinter der mächtigen Erle nicht mehr ausweichen konnte. »Wollten Sie auch einen kleinen Schoppen an der Saale nehmen«, lächelte Hirschinger ihn an. »Na, wenn die eben jetzt renovieren, werden sie wohl heute kein Bier mehr ausschenken. Da können wir warten, bis wir schwarz werden. Oder, was meinen Sie?«, sagte er scheinbar leutselig.

Der verdutzte Zivilfahnder nickte etwas zu hastig.

»Ach, was soll's. Ich fahre jetzt zur Kneipe *Am Saalestrand* – dort zapfen sie auch ein ordentliches Pils«, sprach der gewiefte Apotheker aus Halle und trollte sich in Richtung seines alten grauen Skodas.

Der Zivilfahnder schaute ihm gedankenverloren nach. Dann griff er zu seinem Notizblock und kritzelte hinein: »16.14 Uhr, alter Mann wollte ein Bier trinken. Kennt sich wohl hier aus. Ist nämlich dann zu dem Zwecke in den *Saalestrand* gefahren. Eher unbedenklich.«

Mao-Mao hingegen war gar nicht erst bis zur verschlossenen Eingangstür der *Alten Eiche* gelaufen, sondern hatte sich – nach einem kurzen Blick auf das auffällig-unauffällig von der Polizei bewachte Gelände – sofort wieder in seinen gemieteten VW-Polo gesetzt und war eilends weiter nach Bad Kösen gefahren. Dort hatte er sich mit Jürgen Solnick für den Fall verabredet, dass irgendetwas in Pößneck schiefgehen würde. »Die dritte Bank, rechts, vor dem Gradierwerk«, hatte Solnick als Treffpunkt bestimmt. Mao-Mao las in der *Thüringer Allgemeinen,* bis Solnick auftauchte und höflich fragte, ob der Platz neben ihm noch frei sei.

»Was ist da los?«, herrschte ihn Mao-Mao an, noch ehe er sich richtig gesetzt hatte. Doch Solnick zuckte, da er ebenfalls ahnungslos war, nur mit den Schultern.

»Ich weiß«, antwortete Solnick schließlich, »Sie haben für Hirschinger den Weg geebnet, haben sogar dafür gesorgt, dass in Halle die Stelle der Apothekerin für Karla frei wurde – und nun dieser Reinfall: das Auffliegen der *Alten Eiche.* Aber die Russische Schule finden die Bullen nicht. Keine Sorge. Erstens sind die meisten Beamten viel zu jung, um von deren Existenz zu wissen, und zweitens könnten sie das dort eingerichtete Labor gar nicht mit Hirschingers Cocktail-Produktion in Zusammenhang bringen. Wer von ihnen sollte das denn ahnen?«

Mao-Mao winkte ab. Gewäsch, Gewäsch, alles nur Gewäsch, dachte er und hätte am liebsten kurzerhand Solnick das Genick umgedreht. Dann hätte auch dieser mögliche Zeuge nichts mehr verraten können. Doch er hatte von der »Lageristin« eine klare Order erhalten: »Nur einschüchtern, nicht umbringen. Ein Toter nach dem anderen – das kann uns nur verdächtig machen.« Also gab er Solnick eine klare Anweisung:

»Irgendeinen Polizeibeamten werden Sie doch wohl schmieren können, um herauszufinden, was in der *Alten Eiche* los gewesen ist. Hier sind zweihundert Euro, die müssten fürs Erste reichen. Wenn nicht, schießen Sie den Rest vor. Sprechen Sie mit Hirschinger. Und verklickern Sie ihm, was genau Sache ist. Wenn nicht – ich finde Sie überall! Wenn ich Sie gefunden habe, brauchen Sie gar nichts mehr zu sagen. Nie mehr. Darauf haben Sie mein Wort.«

Solnick saß wie versteinert auf der Bank vorm Gradierwerk im idyllischen Kösener Kurpark. Er hatte in seinem Leben schon eine Menge harter Jungs kennengelernt und jedes Mal die Oberhand behalten. Doch nun schien ihm zum ersten Mal regelrecht das Blut in den Adern zu gefrieren. Er wusste, dass Mao-Mao nicht fackeln würde. Worauf hatte er sich da nur eingelassen? So nickte er nur kurz und antwortete kleinlaut:

»Ich erledige alles. Pünktlich. Das andere habe ich bereits für

Sie vereinbart. Professor Sorge finden Sie in Jena. Er verkehrt abends gern im *Cleanicum* in der Wagnerstraße. Das liegt im Zentrum, zwischen Saale und Botanischem Garten. Wundern Sie sich nicht: das *Cleanicum* ist eine Wäscherei mit angeschlossener Bar. Der Professor wäscht dort regelmäßig seine Sachen und trinkt dabei ein, zwei Schoppen Wein. Er trägt fast immer ein grünes Cordjackett, zu jeder Jahreszeit. Sie können ihn also gar nicht verfehlen.«

Mirjam Wrangel war verärgert. Ihre Sekretärin hatte ihr bestellt, sie möge, und zwar noch heute, zurück nach Halle kommen. Doch nicht in ihr vertrautes Amtszimmer zwischen Hansering und Rathausstraße, vielmehr möge sie sich im großen Gerichtsgebäude an der Thüringer Straße einfinden. Sie solle viel Zeit mitbringen. Denn dort erwarte sie Dr. von Szolt, der leitende Oberstaatsanwalt, zu einem langen ausführlichen Gespräch. Mirjam war nicht wohl bei dieser Nachricht, denn obwohl der Oberstaatsanwalt schon auf die siebzig zuging, hatte er nichts von seiner berüchtigten Scharfsinnigkeit und seiner legendären Schadenfreude eingebüßt.

»Na, endlich! Dem Balkan-Killer entkommen? Ist ja auch keine Kunst für eine geübte Winzerin«, begrüßte er Mirjam und meckerte dabei amüsiert wie des Teufels Lieblingsziegenbock.

Mirjam nahm es zur Kenntnis und lächelte still vor sich hin.

Er habe ihr eine Tasse Tee, »mit einer Spur Bergamottöl, so, wie Sie es schätzen, Verehrteste«, zubereiten lassen. Der Oberstaatsanwalt entblößte dabei – wie er meinte, charmant lächelnd – sein Wolfsgebiss. Doch nur einen Augenblick lang, dann gab er sich plötzlich ganz und gar amtlich: »Also fangen wir endlich an, Mirjam! Wir operieren schließlich auf mehreren Ebenen. Ebene Nummer eins ist der Kampf gegen Produktion und Vertrieb von Spezialdrogen. Keine Massenware, sondern besondere Qualität.

Meist erfolgt der Vertrieb – wo immer auf der Welt – durch die 'Ndrangheta, aber auch noch weiterhin durch die alteingesessene Camorra. Die 'Ndrangheta hat sich jedoch in letzter Zeit immer stärker durchgesetzt und bedient sich bei ihren operativen Einsätzen, um sich nicht selbst die Hände schmutzig zu machen, verschiedener anderer Mafia-Gruppen, vor allem solcher aus Osteuropa.« William von Szolt nahm einen Schluck Tee, dann fuhr er fort: »Mit Hinrichtungen – wie jetzt in der *Alten Eiche* in Pößneck – wird deshalb gern die zuverlässige serbische Nasa Stvar beauftragt. Deren Killer gelten weltweit als perfekt, dennoch haben Sie ja gerade einen von ihnen beseitigt. Chapeau!« Von Szolt lächelte. »Die Camorra wiederum bedient sich, wie schon in ihrem neapolitanischen Umfeld, lieber erfahrener asiatischer Killer. Einem von diesen scheinen wir ja mit Ihrer Hilfe jetzt auf die Spur gekommen zu sein. Einem, der zum Töten weder Schusswaffen noch Messer benutzt. Ein hochspezialisierter Profi.«

Mirjam wollte etwas einwenden, doch der Oberstaatsanwalt ließ sich nicht aus dem Konzept bringen:

»Wir dürfen vor allem nicht die 'Ndrangheta unterschätzen, kontrolliert sie doch im westdeutschen Ballungsraum – an Rhein und Ruhr – bereits mehr als dreihundert Pizza-Bäckereien. Dort können Tag für Tag mehr Kinder und Jugendliche nachhaltig angefixt werden als sonst wo. Was hindert sie also daran, in Sachsen-Anhalt und Thüringen ähnlich vorzugehen? Wobei gleichzeitig auch der Markt der erwachsenen Süchtigen unaufhörlich wächst. Nach unseren Studien benutzen bereits acht Millionen Mitteleuropäer – und das ist eine sehr konservative Schätzung – täglich mehrmals leistungssteigernde Medikamente, hauptsächlich im Beruf. Es handelt sich dabei um vollkommen gesunde Menschen zwischen zwanzig und fünfzig Jahren. Menschen, die sich – ohne jegliche Erkrankung – von ihren Ärzten entsprechende Medikamente verschreiben lassen.« Von Szolt hielt kurz inne, dann entwickelte er seine Zukunftsvision: »Wenn unsere Krankenkassen diese Gefälligkeitsrezepte aber aus Kostengründen nicht mehr akzeptieren, wenn die Ärzte deshalb über kurz oder lang den Patienten diese Rezepte verweigern, weil sie sonst ihre Zulassung verlieren könnten, wird die Drogenmafia als rettender Lieferant einspringen. Denn die Akzeptanz, sich als Gesunder mit irgendwelchen Medikamenten vollzustopfen, steigt nicht nur in Mitteleuropa sprunghaft an. Auch in Skandinavien, Großbritannien und sogar im bankrotten Griechenland.«

Der Staatsanwalt lächelte. Es war ein Lächeln, hinter dem sich zugleich Verzweiflung und Ohnmacht verbargen. Wusste er doch, würde man dieser Hydra den Kopf abschlagen, wäre sie nur scheinbar erledigt. Aus ihrem Hals würden sogleich sechs, acht, ja zwölf neue Köpfe wachsen, und zwar im Handumdrehen. Er wusste, dass in den sogenannten Wanderlaboren – wo auch immer auf der Welt – trotz allem weitergeforscht, entwickelt und produziert würde. Er wusste zudem, dass diese Produkte auf den grauen und den schwarzen Markt gelangen würden. Auf den grauen Markt, wo sie in Nahrungsergänzungsmitteln verwurstet wurden. So geschah es schließlich seit vielen Jahren.

»Wir sind endlich einem angesehenen Konzern auf der Spur«, deckte er als Quintessenz seines Monologes ein ganz klein wenig seine Karten auf, »der traditionell mit Wissenschaftlern aus der früheren DDR, Polen und dem Baltikum zusammenarbeitet. Mit genialen Geistern, die sich verkannt und verraten fühlen. Eines dieser missverstandenen Genies wollen wir – gewissermaßen als Doppelagent – auf unsere Seite ziehen. Wir arbeiten schon seit Monaten daran. Auch dabei sollen Sie uns helfen.«

Mirjams Gesicht verzog sich zu einem einzigen Fragezeichen, doch der Oberstaatsanwalt deutete weder Namen noch sonst etwas Konkretes an:

»Wir haben einen ehemaligen ärztlichen Direktor eines früheren Doping-Labors im Visier. Heute arbeitet der Mann für einen Schweizer Konzern, freiberuflich, versteht sich. Doch dessen Manager hüllen sich offiziell in Schweigen, zumindest wenn wir sie gezielt danach fragen. So ist die Lage, und diese ist in der Tat mehr als bescheiden.«

Mirjam nickte zustimmend – was sollte sie sonst auch tun?

William von Szolt schenkte ihr Tee nach, lehnte sich zurück und fixierte Mirjam derart misstrauisch, als sei sie eine fragwürdige Kronzeugin.

»Ich hätte ja viel weniger Sorgen, wäre da nicht auch noch Ihr Langzeitprojekt Leuna«, sagte er ernst. »Mir bereitet es Sorgen, dass sich der Skandal um die illegalen und hochgiftigen Filterstäube in der Grube Teutschenthal ausbreitet. Das stand in Halle sogar schon mal in der Zeitung. Elftausend Tonnen seien dort eingelagert, ohne jegliche Genehmigung! Wie viele Menschen, vor allem ältere, die dort einst gearbeitet haben, sind dadurch schon krank geworden.«

Mirjam wusste um diese schlimme Sache.

»Vielleicht«, wandte sie zaghaft ein, »kann ich ja Thomas Wegelius anzapfen, der in dieser Sache für ein Politmagazin in Brüssel recherchiert.«

Von Szolt saß auf einmal kerzengerade in seinem schwarzen Sessel. »Ja, woher sollte denn ausgerechnet ein Belgier darüber mehr wissen als wir?«, fuhr er sie rüde an.

Doch Mirjam ließ sich nicht einschüchtern. »Weil er in seiner Wohnung am Hallmarkt eine ganze Wagenladung bisher unbekannter Leuna-Akten gebunkert hat. Akten, die er von einem ermordeten Bonner Offizier erhalten haben will«, führte sie den Oberstaatsanwalt auf die Spur.

»Ja, worauf warten Sie dann noch, Verehrteste?« William von Szolt, eben noch verärgert, schüttelte begeistert den Kopf. »Los, los! Fühlen Sie diesem Belgier auf den Zahn! Natürlich mit aller gebotenen Vorsicht, versteht sich. Und grüßen Sie mir Ihren Herrn Vater in Freyburg. Seinen Hölder-Wein trinke ich mit großem Genuss, den gibt es ja sonst kaum noch. Er stellt alles in den Schatten, was er sonst schon angebaut hat. Und das will etwas heißen.«

Hannah schluckte zweimal, beinahe unmerklich. Dann umspielte ihre Zunge noch einmal seine Eichel. Zärtlich. Saugend. Fordernd. Tom starrte entrückt an die nachtblaue Decke seines Schlafzimmers. Erregte ihn das alles gar nicht? Hannah stand schmollend auf und schritt – in stolzer Nacktheit – zu dem gläsernen Champagner-Kübel im Fenstersims.

»Tom, auch noch einen Schluck?«

Als sie ein schwaches »Ja« zu hören glaubte, füllte sie sein Glas halb-, das ihre aber randvoll mit eiskaltem roten Krimsekt. Nachdem sie ihr Glas in einem Zug geleert hatte, betrachtete sie, nicht ohne Sorge, wie die männliche Pracht des alternden, aber noch immer agilen Journalisten unaufhaltsam in sich zusammenfiel. Hannah, etwas mehr als zehn Jahre jünger, griff zu – erst behutsam, dann aufbauend, aber immer zielstrebig.

»Meine Hände helfen besser als irgendeines dieser Medikamente, Liebling«, flüsterte sie – und schaffte es auch diesmal wieder. Selbst die vier dumpfen Glockenschläge, die lusttötend von der nahen Marktkirche herüberdröhnten, brachten die beiden nicht aus dem von Hannah immer energischer vorgegebenen Rhythmus. Als sie sich danach, lediglich in den blauen Rauch ihres Zigarillos gehüllt, wieder auf den Fenstersims hockte und auf den Strom der über den Hallmarkt nach Hause Eilenden blickte, fragte sie wie beiläufig: »Ist es nicht wunderbar, dass du deine Arbeit jederzeit unterbrechen kannst, um mit mir Krimsekt zu trinken?«

Tom lächelte. Lächelte still hinauf zur Decke seines Schlafzimmers.

Hannah, einsachtundsiebzig groß, von athletisch-sportlicher Figur, hatte Tom in ihrem *Rannischen Café* kennen und schon bald auch lieben gelernt. Irgendwann, als er sie auf ein Glas in eine der Kneipen neben dem Hallmarkt eingeladen hatte, war es nicht nur beim Gespräch geblieben. Mindestens ein viertel Jahr war das nun schon her.

Tom sinnierte. Dann sprang er wie von einer Tarantel gestochen auf und zog sich in Windeseile an. Trug zur blauen Flanellhose einen gelben Kaschmirpulli überm hellblauen Oberhemd. »Ja, was für ein Segen!«, rief er beim Anziehen. »Du hast recht. Aber ich sollte jetzt trotzdem wieder empfangsbereit sein, man weiß ja nie, wer noch vorbeikommt. So, jetzt brauche ich zum Kochen erst mal eine Schürze.«

»Was für ein hallesches Rezept hast du denn jetzt wieder ausgegraben?«, fragte Hannah und schlüpfte in einen scharlachroten Morgenmantel.

»Es gibt heute nichts Hallesches zu essen. Es gibt Fisch, und zwar Dorade.«

Hannah verzog leicht ihr Gesicht: »Aber wieso? Es ist doch noch nicht Weihnachten.«

»Es gibt doch nicht nur Karpfen, es gibt eben auch andere Fische, zum Beispiel Dorade.« Tom lächelte nachsichtig. »Komm, ich zeig dir, wie's geht.« Er nahm die bereits ausgenommenen Doraden, säuerte, salzte und pfefferte sie. »Ich werde sie mit Öl in der Grillpfanne braten, und zwar auf jeder Seite nur zwei, drei Minuten lang. Doch vorher geht's noch ans Gemüse.«

Hannah sah verdutzt zu, wie Tom eine Zucchini, eine Aubergine und zwei Paprikaschoten, eine rote und eine grüne, fachmännisch zerteilte, alles kurz in Öl anschwitzte, um es dann, mit Salz und Pfeffer bestreut und unter Zugabe einer kleingehackten Knoblauchzehe, für gute zehn Minuten in den Backofen zu schieben.

Hannah war begeistert, als sie den kross gegrillten Fisch in das scharfe ölige Gemüse tunkte, sich dazu vom französischen Bauernbrot ein Stück abbrach, um es mit gesalzener Butter zu bestreichen.

»Und so isst man also in Brüssel?«, fragte sie, als es an der Wohnungstür klingelte.

Tom öffnete. Vor ihm stand Mirjam.

»Komme ich ungelegen?«, raspelte sie Süßholz.

»Leider, ich habe Besuch – und wir sitzen gerade beim Essen. Ich melde mich morgen.«

6

»Eigentlich«, keuchte der alte Mann, »fällt mir das Sprechen heute ganz besonders schwer. Bitte, entschuldigen Sie! Aber immer, wenn es richtig Herbst wird, so wie heute«, er legte eine notwendige Atempause ein, weil er sich beinahe verschluckt hätte. »Vor allem, wenn der olle Nebel von der Saale in die Stadt hochkriecht, kriege ich noch weniger Luft als an anderen Tagen. Jakob sagte deshalb schon, ich solle unbedingt zu einem Arzt gehen. Vielleicht käme das ja alles vom Herzen. Er würde mir auch einen Doktor empfehlen und den vorher für mich anrufen.«

Trotz dieser Gebrechen hatte sich der alte Mann nach langem Hin und Her endlich zu einem ausführlichen Gespräch mit Tom aufgerafft und ihm sogar erlaubt, sein Tonbandgerät bei dieser Unterhaltung mitlaufen zu lassen.

Es war ein ebenso präzises wie beharrliches Gespräch gewesen, das Tom in den letzten zwei Stunden mit Paul Möbius geführt hatte. Ein zähes Zwiegespräch, in dem er erfuhr, dass die Frau des alten Mannes vor zehn – oder war es schon zwölf Jahre her? – gestorben war. Man habe ihm hinterher gesagt, der Krebs sei wohl schuld gewesen. So ganz habe er das nicht begriffen. Seinen beiden Töchtern, die nach Amerika ausgewandert seien, hätte er jedenfalls geschrieben, ihre Mutter sei an Krebs gestorben. Anrufen würde er die beiden ohnehin nie. Womit seine beiden Töchter in Amerika ihren Lebensunterhalt verdienen würden, hatte ihn

Tom gefragt. Und der alte Mann hatte ihn dabei angeschaut wie jemand, den man beim Kartenspiel beim Schummeln erwischt hatte, etwas verschämt. Nein, das wisse er nicht. »Irgendetwas an einer Hochschule oder einer Universität. Irgendetwas, was ich nicht kenne und mir deshalb auch nicht merken kann.« Es seien irgendwelche Berufe, denen Leute nachgehen würden, mit denen er nichts zu tun haben wolle, weil er sich mit ihnen sowieso nicht unterhalten könne.

Der Alte saß Tom in seinem Arbeitszimmer gegenüber. Er hatte die Augen geschlossen, um sich einen Augenblick auszuruhen. Zwischen ihnen, auf der fast leeren gläsernen Schreibtischplatte, stand lediglich ein Mikrophon, und vor Tom lagen ein Block mit kariertem Papier sowie ein gespitzter Bleistift. Möbius war ganz in Grau gekleidet. Graue Hosen, graues Hemd, dunkelgrauer Pullover. Auch der Regenmantel des alten Mannes schien ganz und gar farblos zu sein. Ein Mensch, der sich vor der Welt und sich selber versteckte?

»Sie bleiben also dabei, frei von der Leber weg zu reden, und zwar über alles, was Ihnen zu meinen Fragen einfällt«, unterbrach Tom die Stille.

»Warum nicht? Machen Sie mal ruhig Ihre Arbeit, so, wie Sie es gewöhnt sind. Hinterher schreiben Sie dann alles in Ihrer Zeitschrift auf. Was soll schon passieren? Alles halb so schlimm, mir kann sowieso keiner mehr schaden. Wie auch?« Dann setzte er sich auf, langsam, umständlich und atmete tief durch. Diesmal ohne sich zu verschlucken.

Jakob kam aus der Küche herbei und schenkte dem alten Mann Wasser nach. Vorsichtshalber ohne Kohlensäure. Dann ermahnte er ihn noch einmal eindringlich, während des Sprechens immer und immer wieder Pausen einzulegen – und anschließend langsam weiterzureden.

Obwohl der fast Achtzigjährige Jakobs Ratschläge beherzigte, konnte Tom ihn oft nicht verstehen. Denn er redete sich – zunehmend in seinen halleschen Dialekt flüchtend – in Rage; vor allem, wenn ihn die Erinnerung überkam. Geschah das, verschluckte er sich erneut, zitterte am ganzen Körper, keuchte anschließend minutenlang vor Anstrengung und krallte sich dabei mit großer Mühe an seinem Stuhl fest. Jeder im Raum spürte, dieser Mann leistete Schwerstarbeit, geistig und körperlich.

Doch Jakob ermunterte ihn immer wieder, trotzdem weiterzumachen und, um Himmels willen, ja nicht aufzugeben:

»Ich verstehe genau, was Sie sagen wollen, auch, wenn Sie es manchmal nicht so formulieren können, wie Sie es möchten. Machen Sie nur so weiter, wie Sie können. Wir kriegen das schon hin.«

Ehrlicherweise hätte Jakob zugeben müssen: Ich hoffe, am Ende wirklich alles zu begreifen, was Sie uns erzählen. Denn er hatte solche und ähnliche Gespräche oft genug in seinem Leben geführt. So wusste er aus Erfahrung, wie er Tom helfen konnte.

Der alte Mann, zuletzt als Chemiearbeiter in einem amerikanischen Unternehmen beschäftigt, schien zu keiner Zeit von irgendeinem Arzt länger behandelt oder wenigstens vorübergehend betreut worden zu sein. Vielleicht auch, weil niemand vermocht hatte, genau festzustellen, woher dessen zunehmende Schlappheit und fortdauernde Kraftlosigkeit herrührte. Zuerst habe man sich in zwei halleschen Kliniken um ihn gekümmert. Als die Ärzte partout nicht weiterkamen, wurde er nach Leipzig und am Ende sogar nach Berlin überwiesen, an die berühmte Charité. Aber selbst dort seien die Mediziner mit ihrem Latein recht bald am Ende gewesen. Schließlich hätte er in der Nähe von Magdeburg eine Spezialklinik aufgesucht – die wochenlange intensive Behandlung blieb ohne spürbaren Erfolg. Er sei danach völlig verzweifelt gewesen und habe sich schließlich selbst entlassen. Daheim habe er sich dann mit Selbstmordgedanken herumgequält, doch nicht den Mumm zum entscheidenden Schritt aufgebracht.

Der alte Mann schwieg erschöpft. In sich gekehrt. Scheinbar nicht mehr ansprechbar. Die Erinnerung hatte ihn übermannt.

Ob er zuvor in Halle auch im Bergmannstrost von Dr. Henrixdorff behandelt worden sei, wollte Tom wissen. Keine Antwort. Möbius schwieg. Beharrlich. Minutenlang.

»Dr. Henrixdorff?«, wiederholte Tom behutsam seine Frage.

Kaum hatte er diesen Namen erneut ausgesprochen, brachen wie auf Kommando alle Dämme. Der alte Mann weinte. Erst still und sich dabei immer wieder bremsend, weil er sich offenbar schämte, dann aber doch hemmungslos. Jakob eilte herbei und legte beschützend seinen rechten Arm um Möbius:

»Weinen Sie ruhig, es wird Ihnen guttun. Sie brauchen auch nichts mehr zu erzählen. Ich fahre Sie jetzt in Ihre Wohnung. Kann sich dort jemand um Sie kümmern?«

Möbius schüttelte resigniert den Kopf. »Ich bin doch fast immer allein. Ein-, zweimal die Woche schaut mal eine Nachbarin nach mir. Wohl hauptsächlich, um zu sehen, ob ich noch am Leben bin. Dann spricht sie ein paar Sätze mit mir: ›Vergessen Sie nicht zu trinken.‹ Oder: ›Gehen Sie mal wieder an die Luft.‹ Sonst gibt es ja niemanden, mit dem ich Kontakt habe.«

Jakob wirkte sichtlich betroffen, dann verschwand er in der Küche, wo Tom ihn leise telefonieren hörte. Als Jakob zurückkam, sagte er zu Möbius:

»Unsere Gesellschaft stellt Ihnen erst mal für ein paar Wochen eine Helferin zur Verfügung. Sie kommt morgens und geht abends wieder nach Hause. Doch wenn es notwendig sein sollte, bleibt sie auch über Nacht. Um die Kosten müssen Sie sich keine Sorgen machen. In der Zwischenzeit kümmern wir uns um eine staatliche Hilfe und fassen bei Ihren ehemaligen Arbeitgebern nach. Die sind Ihnen, weiß Gott, ja einiges schuldig. Irgendetwas muss jetzt unbedingt geschehen. Und zwar auf die Schnelle.«

Der alte Mann schleppte sich zu Jakobs schwarzem Dienstwagen, einem in die Jahre gekommenen Volvo, und ließ sich kraftlos auf den Rücksitz fallen.

»Ich kriege keine Luft mehr«, keuchte er mühselig, »und bekomme auch wieder furchtbare Angst. Ich weiß aber nicht, warum ich diese Angst bekomme.« Es herrschte quälende Stille, die Möbius auf einmal unterbrach: »Da fällt mir noch ein, ich bin früher mal Radrennen gefahren. Da habe ich auch manchmal Vitaminpillen bekommen. Gewonnen habe ich deshalb kein einziges Rennen. Kann mir das geschadet haben?«

»Wenn Sie damals keinem Kader angehörten«, versuchte Jakob ihn zu beruhigen, »kann das, was man Ihnen verabreicht hat, so schlimm nicht gewesen sein.«

Nachdem Jakob Paul Möbius zu seiner Wohnung in Halle-Neustadt gebracht hatte, fuhr er noch einmal zu Tom in die Talamtstraße zurück. Ob er etwas vergessen habe, fragte Tom.

»Nein. Aber ich glaube, du solltest mir jetzt mal einiges erklären«, antwortete Jakob, »vor allem, wer du wirklich bist – und warum du diesen ungewöhnlichen Namen trägst: Wegelius.«

»Ich bin in diesem Haus, exakt in dieser Wohnung hier in der Talamtstraße, geboren«, erzählte Tom bereitwillig. »Als Hans Meckel. Als ich seinerzeit in den Westen ging, nach Belgien, bat ich dort, mich in Thomas Wegelius umbenennen zu dürfen. Um meine Spuren zu verwischen. Meiner Bitte wurde in Belgien stattgegeben. Wegelius klingt ein wenig nach Skandinavien, was mir als international arbeitendem Autor und Journalisten ja nicht schaden kann. Dass ich jetzt hier in Halle zur Leuna-Affäre recherchiere, ist die Ironie des Lebens – und im Übrigen ein unerquicklicher Auftrag, den ich schon geraume Zeit vor mir hergeschoben habe. Vor etwa einem Jahr meldete sich ein ehemaliger Bonner Offizier bei mir, als Informant. Ich hatte immer mal mit ihm zu tun gehabt, wenn es um die NATO ging. Danach hatte ich ihn über einige Jahre aus den Augen verloren.« Tom schenkte Jakob Kaffee nach und holte tief Luft. »Wir hatten uns im Februar bei mir zu Hause in Brüssel verabredet. Punkt zwanzig Uhr. Als ich kam, saß mein Informant überraschenderweise bereits in einem Sessel in meinem Arbeitszimmer, allerdings mit gebrochenem Genick. Tot. Ich rief erst die Polizei und danach meinen Chefredakteur an.« Tom dachte eine Weile nach. »Irgendjemand muss damals von unserer Verabredung gewusst und den Termin kurzerhand um eine Stunde vorverlegt haben. Und diese Person muss einen Schlüssel zu meiner Wohnung gehabt haben, um meinen Gast hereinzulassen. Eine wirklich fein ausgetüftelte tödliche Falle.«

Ob er irgendeinen Verdacht hege, warf Jakob ein.

»Ja«, antwortete Tom, »ich vermute, dass der Mörder meines Informanten, Christoph von Sidlar, hier in Halle auch die Apothekerin am Galgenberg umgebracht hat. Deshalb glaube ich auch, dass meine Leuna-Recherchen in irgendeiner Weise mit dem neuen Besitzer der Paracelsus-Apotheke zusammenhängen. Doch wie? Ich zermartere mir das Hirn, doch ich bekomme dieses Puzzle nicht zusammen. Dabei spüre ich: Es gibt einen Zusammenhang. Nur welchen?« Tom hielt inne. »Was in Brüssel geschehen ist, hat mich extrem belastet«, sprach er dann wie zu sich selbst. »Ich bin mir danach regelrecht fremd geworden. Natürlich hatte ich, vor allem durch die Kollegen, unmittelbare Hilfe, doch in meinem Unterbewusstsein liefen unkontrollierbare Strömungen ab. Aber ich musste ja weiterarbeiten, was aber meist wie automatisiert ablief. Erst jetzt, nach dem Mord am Galgenberg, wird mir das Ausmaß der Geschehnisse klar. Und du bist der Erste, dem ich von meinem Verdacht erzähle. Mirjam Wrangel will ich – vorerst – mit diesen Hypothesen nicht behelligen. Meinem Chefredakteur, einem irischen Dickschädel wie aus dem Bilderbuch, muss ich aber wohl sagen, was mich umtreibt. Und zwar recht bald.«

Jakob stand auf und ging zum Fenster. »Das ist ja wirklich ein Hammer, das muss ich alles erst mal verdauen«, sagte er nachdenklich. »Aber wie, in aller Welt, bist du an diese geheimen Leuna-Akten gekommen, wenn man doch deinen Informanten ermordet hat?«

»Er hatte mir zuvor noch die Adresse seines Bruders in Bonn gegeben«, gab Tom preis. »Das war ein Glück. Von dort habe ich dann diesen Aktenberg zusammen mit Ibn Saud erst einmal nach Brüssel geholt, ihn nächtelang kopiert und die Originale dann nach Halle geschafft.«

»Wer ist denn nun wieder Ibn Saud?«, fragte Jakob, jetzt doch ziemlich erstaunt.

»Das ist nur sein Spitzname. Er ist israelischer Staatsbürger, hat blondes Haar und blaue Augen. Deshalb ziehen wir ihn in der Redaktion mit diesem Spitznamen auf. Ein Einzelgänger, den wir bei *Brussels Background* bei explosiven Storys hinzuziehen. Er weiß alles über Computer, was meines Erachtens nach ein Mensch überhaupt wissen kann, und er recherchiert auch sensationell. Sein Netzwerk ist beeindruckend. Er hat ebenso Zuträger in der ultrarechten Szene der nordamerikanischen Republikaner wie in den linken Zirkeln lateinamerikanischer Kommunisten. Erteilt man ihm einen kniffligen Auftrag, kommt er schon in der nächsten halben Stunde mit hieb- und stichfesten Fakten daher, um diese zu diskutieren. Da wird es einem regelrecht unheimlich.«

»Vielleicht kannst du ihn nochmal für unsere Recherchen in Sachen Leuna einsetzen?«, fragte Jakob. »Er kann ja schon mal bei ehemaligen ELF-Managern in Frankreich recherchieren. Natürlich, ohne irgendwelche Spuren zu hinterlassen. Ich werde mich inzwischen um weitere kranke Menschen aus Leuna, Wolfen, Bitterfeld und Teutschenthal kümmern. Du wiederum könntest mal wieder mit Doktor Henrixdorff aus dem Bergmannstrost gemeinsam etwas essen. Ich bin mir fast sicher, dass er über jene menschliche Versuchskaninchen Bescheid gewusst hat, deren unmenschlicher Einsatz zu DDR-Zeiten vom Westen erstklassig bezahlt wurde. Vielleicht haben wir ja Glück, und irgendwann hat ihn das Gewissen so sehr geplagt, dass er versucht hat, dem einen oder anderen zu helfen. Vielleicht heimlich. Mag sogar sein, dass er auch deshalb die ganzen Jahre über auf der Karriereleiter nicht weiter nach oben geklettert ist. Vielleicht aber auch nur zur Tarnung. Find's heraus, Sherlock!«

Auch im *Normannen* durfte schon lange nicht mehr geraucht werden. Trotzdem stand in den drei kleinen Räumen des Jenaer Restaurants die Luft wie einstmals. Im *Normannen* wurde – schon zu DDR-Zeiten – nach französischen Rezepten gekocht, und im hintersten Zimmer an weiß gedeckten Tischen serviert. Coq au Vin, in Rot- oder Weißweinsoße, dann nach Elsässer Art mit Riesling angesetzt, galt seit Jahren als Renner. Oder Miesmuscheln, gereicht mit Baguette und gesalzener Butter. Gebratene Blutwurst auf Stampfkartoffeln hingegen hatte sich bei der meist aus Jenaer Wissenschaftlern und halleschen Universitäts-Professoren bestehenden Klientel nie so recht durchgesetzt. Den sich bewusst intellektuell gebenden Gästen schien die französische Variante dieses Gerichts wohl doch allzu fremd zu sein. Vielleicht auch, weil es einst von reaktionären Fremdenlegionären, und nicht von revolutionären Arbeitern bevorzugt genossen wurde. Bestellte dennoch mal jemand »Boudin«, machte er sich gleich als »Angeber-Wessie« verdächtig. Und wer wollte das schon? Oder es war tatsächlich ein Franzose, der nur gucken wollte, wie sie im Osten Deutschlands französische Lebensart interpretieren? Als es die DDR noch gab, tauchte so jemand in Jena nur alle Jubeljahre auf – und dann auch nur auf Einladung der Friedrich-Schiller-Universität.

Doch wegen des Savoir-vivre war der Schweizer Pharma-Manager Pierre d'Abergues an diesem diesigen Oktobertag nicht in den *Normannen* gekommen. Ihm waren vielmehr die halleschen, aber auch die Leipziger Treffpunkte zu unsicher geworden. In den halleschen Eckkneipen fiel er sofort als Exot auf, und in den einschlägigen und derzeit angesagten Leipziger Bars – dort, wo er schon vor dem Mauerfall seine Ost-West-Geschäfte angebahnt hatte – saß noch immer irgendjemand herum, der ihn von früher kannte. Also traf der Manager des Pharma-Riesen MedWorld seinen Kollegen vom deutschen Konkurrenten GerMed im Jenaer *Normannen.* In »Räuberzivil«, wie Professor Habermann scherzhaft ihre Einheitskluft aus teuren Flanellhosen und Kaschmirpullovern zu bezeichnen pflegte.

Bei Kalbsleber französischer Art, mit in Butter extra glasig gedünsteten Zwiebeln, schimpfte der Schweizer über Sand und Unzulänglichkeiten im Vertrieb.

»In Flandern«, flüsterte d'Abergues Professor Habermann zu, »hat sogar einer dieser Statthalter unseligerweise einen der Kommissare des dortigen Drogendezernats um die Ecke bringen lassen. Methoden wie vor zwanzig Jahren – so etwas geht heute nicht mehr! So etwas kann uns nämlich auch bei unseren Partnern in Misskredit bringen. Auch deshalb darf es einfach nicht noch einmal passieren.«

Professor Habermann lächelte milde. »Aber nun lassen Sie doch mal die Kirche im Dorf. Sie, in Genf, und uns in Berlin wird das ohnehin nie treffen. Wer sollte uns mit solchen Vorgängen in Verbindung bringen? Dafür haben wir doch unsere Experten fürs Grobe.«

»Vor denen uns der Herr bewahre«, warf d'Abergues ein.

»Sehen Sie, mein Lieber«, winkte Habermann ab, »wir bedienen uns im modernen Pharma-Geschäft durchaus bewusst und wie in den guten alten Zeiten archaischer Strukturen. Nur so lässt sich dieses Business in Schwung halten. Das können Sie durch keine noch so moderne Struktur ersetzen.«

D'Abergues schaute ihn fragend an.

»Weil Sie kriminell veranlagten, aber höchst effizienten Dealern nun einmal nicht Platons Staatsphilosophie vermitteln können«, erläuterte Habermann. »Sie können doch diesen Leuten nicht predigen: Der Tugendhafte begnügt sich damit, von dem zu träumen, was der Böse im Leben verwirklicht. Stattdessen muss hin und wieder mal Blut fließen. Wollen Sie es zivilisierter haben, müssen Sie eben Mode verkaufen oder Bücher – keine Medikamente.«

D'Abergues hob entsetzt die Arme. »Aber trotzdem dürfen wir uns nicht in die Hände solcher Leute begeben.«

»Tun wir auch nicht, mein Lieber«, wiegelte Habermann ab, »doch wir brauchen solche Leute nun mal. Sie wissen doch, wie sich, zum Beispiel, allein die Umsatzzahlen des Doping-Klassikers Anabolikum in den letzten fünf Jahren in Deutschland entwickelt haben: Sie sind auf über drei Millionen Pillen im halben Jahr explodiert, vor allem verkauft an Jugendliche von fünfzehn, sechzehn Jahren. Meistens via Fitnessclub, aber auch direkt an den Schulen. Und dieser Markt ist noch längst nicht gesättigt, denn nur sieben Prozent der deutschen Jugendlichen und noch viel weniger im übrigen Europa nehmen regelmäßig Anabolika zu sich. Aber wir könnten Zuwachsraten von zwanzig, dreißig Prozent erreichen – und auch entsprechend produzieren. Denn diese Jungs interessiert nicht, ob sie davon Akne kriegen, ob sie impotent werden oder ob ihr dadurch künstlich vergrößerter Herzmuskel später noch richtig durchblutet wird und sie mit dreißig Jahren schon hinüber sind. Die interessiert einzig und allein ihr athletischer Körperbau, der im jugendlichen Alter meist zu wünschen übrig lässt. Damit wollen sie den Mädels imponieren, vor allem aber ihren Konkurrenten.«

»Wir müssen aber bei alledem vorsichtiger werden«, protestierte d'Abergues wieder. »Da habe ich gerade von einem Mord in

Halle und einem zweiten in Pößneck erfahren. Unter der Hand, versteht sich …«

»Das berührt uns nicht im Geringsten«, beruhigte ihn Professor Habermann erneut. »Ganz gewiss nicht. Aber unsere Subunternehmer können wir nun mal nicht dirigieren. Wir wollen sie noch nicht einmal gängeln. Denn das bringt nur Ärger und verringert den Umsatz.«

»Aber ob eine solche Geschäftspolitik auf Dauer gut geht?« D'Abergues wiegte seinen Charakterkopf hin und her.

»Sie wird besser denn je funktionieren!« Habermann lachte. »Uns liegt eine Studie der Sporthochschule Köln vor, nach der mehr als fünfzig Prozent aller männlichen Jugendlichen in Deutschland nur allzu gerne Anabolika einwerfen würden. Sie wissen nur nicht, wo sie das Zeugs zuverlässig bekommen können. Das gilt nicht nur für Deutschland. Da eröffnen sich Wachstumsspannen, die schaffen Sie nicht mal mit Kokain und Heroin. Obendrein ist das Geschäft mit Betäubungsmitteln viel risikoreicher als der Handel mit Pharmaka, selbst wenn Letzteres außerhalb der Apotheken betrieben wird. Wobei unsere Subunternehmer, die für dieses Geschäft verantwortlich zeichnen, natürlich wissen, dass der illegale Handel mit unseren Erzeugnissen strafbar ist. Sie wissen aber auch, dass deren Gebrauch es nicht ist. Das sagen sie auch immer wieder ihren Endabnehmern auf und vor den Schulhöfen.«

D'Abergues blickte angewidert. »Und das nur, um unseren fleißigen Mitarbeitern die Arbeitsplätze zu erhalten und den Aktionären die Dividende zu sichern.«

»Sie haben des Pudels Kern erfasst«, dröhnte ein vergnügter Habermann und winkte den Kellner herbei: »Von Ihrem gekühlten roten Sancerre brauchen wir nun doch eine zweite Flasche.«

Nach dem zweiten Schluck fragte ihn d'Abergues: »Was macht eigentlich unser hallesches Genie, unser Mann aus Albi?«

»Er unterhält jetzt eine Apotheke in seiner Heimatstadt Halle.« Habermann senkte seine Stimme. »Und produziert auch schon wieder für uns.«

D'Abergues sah ihn entgeistert an. »Aber wenn man ihn hier fassen würde und er aussagen sollte, was er allein schon in der DDR für uns getan hat, können wir alle einpacken.«

Schließlich wussten sie beide, dass Maurice Hirschinger schon zu Zeiten, als der Eiserne Vorhang noch existierte, zu jenen Wissenschaftlern gehörte, die im Auftrag westlicher Pharmakonzerne an ahnungslosen Menschen in der Deutschen Demokratischen Republik Versuche durchgeführt hatten, die zum Teil tödlich endeten.

»Ja, sind Sie denn wahnsinnig?«, entfuhr es d'Abergues. »Sie wissen ebenso wie ich, dass vieles davon in den Akten des ehemaligen DDR-Gesundheitsministeriums, der Stasi und des Instituts für Arzneimittelwesen gefunden wurde. Soweit ich informiert bin, dienten bis zum Mauerfall Zehntausende von Ostdeutschen als Testpersonen für Drogen und Herzmedikamente, ohne es auch nur zu ahnen. Viele von ihnen haben irgendwann irgendetwas unterschrieben. Hirschinger hatte sich doch deshalb nach der Wende mit unserer Hilfe nach Frankreich abgesetzt. Warum ist er in seine alte Heimat zurückgekehrt?«

Habermann zuckte mit den Achseln. »Vielleicht fühlt er sich hier sicherer als, sagen wir mal, in der ›Obhut‹ rigoroser französischer Behörden.«

»Ach, was«, winkte d'Abergues ab, um mit kalter Stimme fortzufahren: »Wenn jemand weiß, für welche Unternehmen Forschungsarbeiten durchgeführt wurden, in denen Menschen, darunter sogar Frühchen und Alkoholiker, vielleicht auch chronisch kranke Leuna-Arbeiter, als Versuchskaninchen benutzt wurden, dann ist es dieser Hirschinger. Und weil er zu viel weiß, hat er uns doch alle in der Hand. Selbst noch nach über fünfundzwanzig

Jahren nach dem Mauerfall! Selbst wenn seine derzeitigen Produkte uns alle in mehrfacher Hinsicht glücklich machen, muss der Mann weg. Und zwar jetzt. Für immer, wenn Sie verstehen. Wir haben keine andere Wahl. Allerdings müssen wir uns zuvor seine Rezepturen sichern.«

Ahnte Hirschinger, was sich da über ihm zusammenbraute? Er saß ohnehin schon in der Klemme, grübelte er im Hinterzimmer seiner Paracelsus-Apotheke am Schreibtisch sitzend. Der unaufgeklärte, weil nicht erklärbare Mord an der unbescholtenen, überaus angesehenen Apothekerin ließ die Polizei schließlich nicht ruhen. Das spürte er auch, ohne dass die Damen und Herren aus der Abteilung für Tötungsdelikte täglich bei ihm vorsprachen. Dass die Polizei nun auch seine zweite Anlaufstelle, die *Alte Eiche* in Pößneck, dichtgemacht hatte, versetzte ihn zusätzlich in Unruhe. War Schmuddel-Ede etwas zugestoßen?

Karla Lieberknecht meldete ihm, er könne sich jeden Abend im *Cleanicum,* einem Waschsalon mit angeschlossener Bar in Jena, mit einem gewissen Professor Sorge treffen. Der Mann habe eine ihr unverständliche Nachricht auf dem Anrufbeantworter hinterlassen. Außerdem habe ihm Solnick etwas sehr Wichtiges zu berichten. Der weiß sowieso schon zu viel, dachte Hirschinger.

»Sag ihm, Punkt 22.30 Uhr auf der Bank neben der Ruderboot-Anlegestelle, direkt hinter der Peißnitzbrücke.«

Karla nickte und verschwand im Ladenraum. Dort füllte sie ungerührt eine einfach zu bedienende Insulinspritze mit Batrachotoxin, dem klassischen Pfeilgift schlechthin; einem der tödlichsten Gifte, die die Wissenschaft kennt. Garantiert wirksam.

Eine viertel Stunde vor der verabredeten Zeit stand Hirschinger unterhalb der Peißnitzbrücke. Er hörte keinen Laut. Kein Liebespaar weit und breit, kein Motorengeräusch in der Ferne. Dann auf einmal Schritte, direkt über ihm. Hirschinger hörte genau hin. Nur ein einzelner Fußgänger kam vom anderen Ufer der Saale über die Brücke, schritt dann die Treppe hinab und setzte sich auf die Bank an der Ruderanlage. Hirschinger ließ weitere zwei Minuten verstreichen, bevor er sich lautlos neben ihn setzte.

»Was hast du mir zu sagen?«

»Mao-Mao hat mir zweihundert Euro gegeben, mit denen ich einen Pößnecker Polizisten geschmiert habe«, erzählte Solnick ohne Umschweife. »Der hat mir gesteckt: Es gibt eine Nachrichtensperre, auch gegenüber der Presse. Niemand erfährt etwas. Schmuddel-Ede ist erstochen worden. Warum, weiß niemand. Denn der Messerstecher ist auch tot, so fehlt jegliche Aussage. Jetzt suchen sie nach Verwandten und Bekannten von Ede, also auch nach mir.«

Zum ersten Mal in seinem Leben glaubte Hirschinger so etwas wie Angst in Solnicks sonst so verschlagen wirkenden Augen zu erkennen. Doch nur wenige Sekunden lang, dann fiel dessen Kopf leblos auf Hirschingers linke Schulter. Karla Lieberknecht hatte ihre tödliche Giftspritze genau in Solnicks Schlagader gesetzt – Volltreffer!

»So«, forderte sie, »fass mit an. Oben an der Straße habe ich ein gestohlenes Auto stehen. Darin kutschieren wir ihn zu den Wölfen im Wildpark in der Schorfheide. Wir ziehen ihn dort nackt aus und werfen ihn den Wölfen zum Fraß vor. Bis morgen früh sind wir längst zurück in Halle und können um neun die Apotheke aufschließen.«

Dass anderntags der Wildpark in der brandenburgischen Schorfheide geschlossen blieb, stand entlang der Saale in keiner Zeitung. Karlas Plan hatte Hirschinger fürs Erste ein wenig Luft verschafft.

7

Tom sprang mit einem Satz von seiner wurmstichigen Bibliotheksleiter hinunter, ohne die er, wie er glaubte, nirgendwo heimisch werden würde und die er deshalb extra von Brüssel nach Halle mitgeschleppt hatte. Dann hechtete er quer durch sein Arbeitszimmer, denn irgendwo unter den unaufgeräumten Aktenbergen auf dem viel zu kleinen Beistelltisch wimmerte eines seiner zwei Mobiltelefone. Nur welches?

Es war ausgerechnet jenes, das er ausschließlich für private Gespräche reserviert hatte; von dessen Existenz deshalb so gut wie kaum jemand wusste und das schon deswegen fast niemals einen Laut von sich gab. Zuletzt vor zwei Wochen, als Toms zweiundzwanzigjährige Tochter in einem enervierenden Anruf aus Stockholm ihn wieder einmal um Geld angebettelt hatte. Sie brauchte es angeblich als Grundstock für einen Bio-Laden, den ihr zeitweiliger Lebensabschnittsgefährte, ein nicht sonderlich begabter und wenig erfolgreicher Aktionskünstler aus Lappland, gemeinsam mit ihr eröffnen wollte. Irgendwo fernab jeglicher Zivilisation, also – wie sie stolz verkündete – ohne jegliche Konkurrenz. Tom hatte ihr geduldig zugehört und dann, ohne viele Worte zu machen, abgelehnt.

War es auch diesmal ein Hilferuf aus Stockholm? Ging es vielleicht um das Bedrucken künstlicher Rentierfelle oder eine ähnlich schwachsinnige, aber überaus ökologische Geschäftsidee?

Tom schaute auf das Display seines privaten Handys. Unbekannter Teilnehmer.

»Wegelius«, rief er atemlos in das silberfarbene Gerät.

»Sie sind ja ganz außer Atem, mein Lieber. Nun kommen Sie erst mal zur Ruhe. So eilig haben wir es schließlich auch nicht. Hier spricht von Sidlar, der Bruder Christoph von Sidlars aus Bonn«, erreichte zu seiner Überraschung eine Stimme sein Ohr, so vornehm und sorgsam artikulierend, als käme sie aus längst vergessenen UFA-Zeiten.

Wegelius glaubte sich verhört zu haben. Woher kannte der Bruder des in seiner Brüsseler Wohnung ermordeten Ex-Offiziers seine geheime Telefonnummer? Er selbst hatte sie ihm nicht gegeben, als er in Bonn die Leuna-Akten abgeholt hatte. Warum rief der Bruder von Sidlars nicht auf seinem Diensthandy an? Warum nicht bei der Redaktionssekretärin von *Brussels Background*? Weitab von Toms nicht grundlos gewähltem halleschen Refugium.

Doch weiter kam Wegelius in seinen Überlegungen nicht. Er hatte gerade noch den Bruchteil einer Sekunde Zeit, um instinktiv die Aufnahmetaste zu drücken, da sagte ihm von Sidlar durch den Hörer die Wacht am Rhein an:

»Lassen Sie die Finger von Ihren Recherchen zu sogenannten medizinischen Versuchen an Menschen in der ehemaligen DDR. Auch von ähnlichen Märchen aus der früheren Sowjetunion! Wenn Sie darauf angesprochen werden, sollten Sie verwundert antworten, noch nie davon gehört zu haben! Verstehen Sie mich? Wenn Sie so etwas veröffentlichen, allein schon, wenn Sie darüber mit Ihrer Redaktion konferieren sollten, dann machen Sie sich für den Rest Ihres Lebens unglücklich. Sollten Sie in dieser Angelegenheit außerdem über Unterlagen aus westlichen Politiker- oder Unternehmer-Kreisen verfügen, vor allem aus den USA, was ich leider vermuten muss, dann vernichten Sie dieses Material – und zwar umgehend! Denn es ist sowieso alles gefälscht. Es würde

Sie unweigerlich ins Gefängnis bringen – und Ihren Auftraggeber möglicherweise an den Bettelstab. Das mag in Ihren Ohren klingen, als gehe es um letzte Wahrheiten – und um diese geht es auch. Nicht um irgendwelche Hirngespinste. Sollten Sie dennoch meine Warnung nicht ernst nehmen, wird der von Ihnen geplante Bericht Ihre letzte Arbeit als Journalist gewesen sein. Sowohl in Ihrer ursprünglichen Heimat Halle wie auch in Ihrer zweiten Heimat Belgien. Denn danach wird niemand mehr ein Stück Brot von Ihnen nehmen. Auch nicht in den übrigen Ländern der Europäischen Union. Dafür werden wir sorgen! Gründlich, wie wir nun einmal sind!«

Die UFA-Stimme legte eine Kunstpause ein. Wegelius wusste nicht, wie ihm geschah. Eigentlich war er nach Halle gekommen, um das Geheimnis der Leuna-Akten herauszubekommen. Was aber war dran an der Geschichte von klinischen Experimenten im großen Stil, die für westliche Pharmakonzerne in der DDR durchgeführt worden sein sollen? Und wie hingen sie mit der Leuna-Affäre zusammen?

»Aber vielleicht kommen Sie auch gar nicht erst mit dem Leben davon«, fuhr die Stimme aus dem Telefon wohlakzentuiert fort. »Doch wenn Sie stattdessen mit uns zusammenarbeiten und alle Unterlagen, Rechercheergebnisse, handschriftlichen Aufzeichnungen etc. pp. an uns statt an Ihre Chefredaktion und die Staatsanwaltschaft übergeben würden, wären Sie ein gemachter Mann. Denken Sie über meinen Vorschlag nach. Und zwar heute, nicht erst morgen. Aber zu niemandem ein Wort. Dieses Telefonat hat nie stattgefunden. Wir melden uns wieder. Schneller, als Ihnen lieb sein wird.«

»Herr von Sidlar! Hören Sie mir noch bitte kurz zu!«, rief Tom aufgeregt in den silbrig glänzenden Apparat.

Doch Bonn hatte seine Gesprächsbereitschaft bereits aufgekündigt. In Wegelius' Gehirn überschlugen sich Fragen über Fragen: Woher hatte der Mann am Telefon seine private Nummer erfahren? Was genau wusste er über Toms Recherchen und über die Pläne der Magazinredaktion? Gab es in ihrem Team etwa eine undichte Stelle? Hatte ein Mitarbeiter sich, womöglich aus purer Angeberei oder auch Schussligkeit, verplappert? Oder hatte ein Informant für einen Judaslohn die Hand aufgehalten? Hatten am Ende vielleicht Hacker seinen Laptop in irgendjemandes Auftrag geknackt?

War es wirklich der Bruder des ermordeten Ex-Offiziers gewesen, der ihn gerade angerufen hatte? Gab es diesen Bruder überhaupt? Er hatte Wegelius doch im Frühjahr in Bonn die geheimen Leuna-Akten Christoph von Sidlars ausgehändigt. Aber dann war der Anrufer eben vielleicht nur ein Trittbrettfahrer, der ihm auf den Zahn fühlen und drohen sollte. Doch in wessen Auftrag?

Dass er nach Erscheinen eines kritischen Artikels angegangen wurde, dass man sogar versucht hatte, ihn einzuschüchtern – das alles hatte er schon mehrere Male durchgemacht, überlegte Tom. Er hatte dabei gelitten in langen schlaflosen Nächten – und sich nie daran gewöhnen können. Dennoch hatte ihn so etwas nicht umzuwerfen vermocht. Das gehörte einfach zum Job und damit zu seinem Leben.

Doch dieser Anruf kündigte eine neue, eine gefährliche Dimension an. Diesmal hatte sich jemand in seine ganz und gar diskreten neuesten Nachforschungen eingeklinkt; und das offenbar überaus effektiv. Es schien jemand zu sein, der seine Arbeit sehr gut machte. Denn Wegelius war nicht ein einziges Mal auf etwas Ungewöhnliches gestoßen; hatte zu keiner Zeit etwas Unbekanntes auf dem Radar gehabt. Zumindest nicht bis auf den eben erfolgten Anruf. Welche Rolle spielte dieser angebliche Bruder des ermordeten Oberst von Sidlar? Wer hatte ihm seinerzeit in Bonn die Leuna-Akten übergeben? Tom grübelte und grübelte.

Natürlich wusste er aus Erfahrung, wie einschneidend anhaltende Unruhe logische Gedankenfolgen lähmen und sogar zersetzen konnten. Er hatte solche Zustände schon erlebt – und sie beim Schreiben seiner Reportagen sogar ausführlich beschrieben, um den Leser an deren Entstehen und Überwinden teilhaben zu lassen. Beobachtungen, die ihn aber jetzt – bei seiner schmerzlichen Selbstanalyse – keinen einzigen noch so winzigen Schritt voranbrachten. Ihm wurde lediglich klar, wie widersprüchlich er, der gebürtige Hallenser, sich selbst in seiner alten Heimat erlebte: immer wieder fremdelte er, wurde dann aber urplötzlich aufgeschlossener; meistens war er in sich gekehrt, regelrecht verschlossen, und dann doch wieder schlagartig schwatzhaft. Einerseits, überlegte Tom, litt er unter kaum begreiflichen Minderwertigkeitskomplexen, andererseits trumpfte er fast schon unverschämt selbstbewusst auf. Das alles musste seine wenigen Freunde in Brüssel und jetzt in Halle eigentlich verwirren, wunderte sich Tom, als er nachdenklich dem unaufhörlichen Regen lauschte. Doch keiner von ihnen hatte ihn bisher darauf angesprochen oder gar kritisiert.

Tom zwang sich, diese düsteren Gedanken beiseitezuschieben, und rief sich stattdessen zur Ordnung. Er wollte versuchen zu rekapitulieren, was in letzter Zeit alles passiert war. Welche Indizien er aus den Gesprächen mit Jakob und auch Dr. Henrixdorff zusammentragen konnte. Und vor allem wollte er versuchen, die Informationen zu ordnen, mit denen ihn gestern Abend Mirjam Wrangel versorgt hatte. Nachdem er sie am Abend zuvor abserviert hatte, als sie an seiner Haustür gestanden hatte, war er gestern nach dem Gespräch mit dem alten Möbius und Jakob in ihrem Büro erschienen. Atemlos hatte sie ihm von dem Mord an dem Wirt der *Alten Eiche* erzahlt. Sie hatte ihn auch in ihre Unterredung mit Staatsanwalt von Szolt über das schmutzige Geschäft mit Edeldrogen eingeweiht und ihn dabei um Hilfe gebeten.

Tom ging in die Küche, setzte Wasser auf und füllte Tee in das Sieb seiner alten schwarzen Eisenkanne aus Japan. Aus einer bereits angebrochenen Packung fischte er ein paar süße brandenburgische Butterwaffeln. Tom war förmlich süchtig danach. Dann nahm er einen großen weißen Papierbogen, setzte sich in der Küche an den klobigen Eichentisch und zog von oben nach unten einen kräftigen Strich aufs Papier. Links schrieb er das Wort »Positiv«, rechts »Negativ« hin.

Unter »Positiv« vermerkte er: »Die Organisation löscht sich selbst aus! Warum? Noch Details dazu recherchieren, dann plausibel erklären! Dabei die Leuna-Gangster nicht mit den Drogenbeschaffern verwechseln. Kein Durcheinander verursachen.«

Unter dem Wort »Negativ« kritzelte er: »Beispiel für die funktionierende Zusammenarbeit zwischen Wirtschaft und Politik?« Und erläuterte: »Immer dort, wo die Politik wegschaut. Zum Beispiel Cal-Am (US-Pharmakonzern). Er produziert mehr EPO-Arzneimittel der zweiten und dritten Generation, als auf dem gesamten nord- und mittelamerikanischen Markt abgesetzt werden können. Der Absatz in Europa hingegen ist, wegen der massiven Konkurrenz, nur marginal. Trotzdem sind am Ende eines Jahres die weltweiten Lagerbestände stets aufgebraucht, weil diese Medikamente nicht nur über Apotheken vertrieben, sondern auch schwarz gehandelt werden.«

Dazu eine anschauliche Grafik und dann diese Erklärung: »In Europa arbeiten mutmaßlich ein deutscher und ein Schweizer Pharmakonzern verbotenerweise bei der Entwicklung und Herstellung von amphetamin-ähnlichen Medikamenten und Wachstumshormonen aufs innigste zusammen. Und teilen somit diesen Markt auch nach Belieben unter sich auf. Vor allem den illegalen, also den schwarzen und selbstredend auch den grauen Markt, wo abgelaufene oder noch nicht zugelassene Medikamente angeboten werden. Ein hektischer Markt, weil er sich fast täglich verändert. Dazu brauchen wir allerdings noch Aussagen von Dealern! Weil die das beim täglichen Handel spüren. Wird jedoch schwerfallen, gerichtsfeste Aussagen zu bekommen. Fazit: Das Bisherige ist allein schon illegal, doch noch verbrecherischer wiegt das spurlose Verschwinden von Überproduktionen. Nicht nur in den Krankenhaus-Apotheken, wo traditionell vieles verschwindet, und auch nicht in jeder anderen Apotheke, wo mit einer kreativen Buchhaltung so manches vertuscht werden kann. Weil das allein nicht als Beweis genügt, müssen wir das spurlose Verschwinden von Überproduktionen auch noch anders belegen. Dazu können wir Auszüge von zwei Original-Lagerkarteien über exklusive Drogen-Cocktails veröffentlichen! Sie sind auf abenteuerlichem Weg in unseren Besitz gelangt und waren deshalb auch sehr, sehr teuer! Hinweis für unsere Buchhaltung: Natürlich gibt es dafür keine Quittung.«

Tom schüttelte den Kopf, als er die ausgegebene Summe notierte, und schrieb dazu: »Doch wie lässt sich die Zusammenarbeit eines Konzerns mit der Politik stichhaltiger beweisen? Alles andere bleibt nämlich nur Vermutung: Kommen die Hinweise auf überraschende Neuentwicklungen von einer Seite, die wir bisher damit nie in Verbindung gebracht haben? Zum Beispiel aus der NATO oder aus internen Zirkeln der EU? Hat sich Oberst Christoph von Sidlar mit mir treffen wollen, um mich vielleicht davor zu warnen? Oder ging es wirklich nur um die von ihm versteckten Leuna-Akten? Wer hat von seinem Trip nach Brüssel gewusst? Vermutlich allenfalls sein möglicher neuer Brötchengeber, der Schweizer Pharmakonzern MedWorld. Und wenn es dort ein Leck gibt, oder vielleicht die mörderische Konkurrenz?«

Die »Negativ«-Seite auf Toms Zettel war nun vollgeschrieben.

Heinrich Sorge saß in seinem Stammlokal *Cleanicum,* der Jenaer Wäscherei mit Bar, vor einem Schoppen Freyburger Grauburgunder und musterte äußerst misstrauisch Mao-Mao. Der sorgfältig gekleidete Halbkoreaner bestellte ihm »herzliche Grüße« von Hirschinger, worauf Sorges ohnehin schon aschfahles Gesicht noch um einen Ton blasser wurde.

Mao-Mao betrachtete ihn dann einige Minuten lang – erst dann kam er zur Sache: Es gehe um Nordhausen, um jene angeblich hermetisch abgeschlossene Stollen, in welchen während des Dritten Reiches an den damals geheimen V2-Raketen Wernher von Brauns gebaut worden war. Diese seit Jahrzehnten unbenutzten Stollen wären doch ideal für Hirschingers geheime Labore, »und Sie, Herr Professor Sorge, haben doch schon zu DDR-Zeiten im VEB Jenapharm medizinische Versuche an DDR-Bürgern vorgenommen. Ohne dass diese davon wussten. Nach neunundachtzig haben Sie weiterhin für westeuropäische Pharmaunternehmen halblegale klinische Studien betrieben. Diese Akten liegen uns vor! Sie wären also der ideale Partner für uns«, erzählte Mao-Mao lächelnd.

Das ist eine handfeste Erpressung, dachte Sorge und wurde noch eine Spur blasser. Dann nickte er, fast unmerklich, und erwiderte, er würde sich die Sache zwar ernsthaft durch den Kopf gehen lassen, doch zusagen könne er zum, jetzigen Zeitpunkt noch gar nichts. Er sei mit seinen zweiundsechzig Jahren vielleicht auch nicht mehr so zuverlässig wie in früheren Zeiten.

Mao-Mao überging diesen Einwurf geflissentlich und bedankte sich höflich. »Dann also nächste Woche: gleiche Zeit, selbe Stelle«, sagte er schließlich, stand auf und nickte dem Professor zum Abschied zu.

Kaum hatte Mao-Mao das Lokal verlassen, griff Sorge zum Handy:

»Alles klar! Er hat angebissen und kommt nächste Woche wieder her. Bis dahin muss unser Plan bombensicher stehen.« Ohne eine Antwort abzuwarten, legte er auf.

Es klingelte an Wegelius' Wohnungstür. Davor stand Mirjam Wrangel mit einer Kiste Weißwein aus dem väterlichen Weingut.

»Hallo …« Sie lachte verlegen und schob sich an Tom vorbei in dessen Wohnung, ohne dass er sie hineingebeten hätte.

Tom fühlte sich ein wenig überrumpelt. Dennoch war er froh, seinen depressiven Gedanken wenigstens für einige Zeit entfliehen zu können.

»Für deinen Wein sollte ich ein entsprechendes Abendessen zaubern, mal sehen, was ich dafür so finde.« Er nahm Mirjam die Kiste ab, flüchtete in seine Küche und stellte gedankenlos zwei Flaschen davon in den Kühlschrank. Dann wusch er roten italienischen Salat, säbelte Scheiben vom luftgetrockneten Schinken aus Spanien herunter, brach knuspriges braunes Bauernbaguette in handliche Stücke, legte Lachs in eine extra scharfe Sojasauce ein und fügte ein wenig Olivenöl sowie ein, zwei Spritzer Weißwein hinzu. Dann holte er den tortengroßen, fast überreifen Camembert aus dem Kühlschrank, auf das er zum Nachtisch die richtige Temperatur erreichen konnte – und überlegte: Was bezweckt Mirjam mit ihrem unangekündigten Besuch? Spielte sie ihm etwas vor? Eine Komödie? Oder war er unwissentlich in ein Drama geraten? Wegelius wurde aus dieser Frau einfach nicht schlau.

Tom mahnte sich zur Ruhe. Er wollte sich lieber ums Abendessen kümmern, um auf andere Gedanken zu kommen. Zuerst wollte er den roten Salat mit dem spanischen Schinken servieren, dazu Baguette mit gesalzener Butter reichen. Danach, ja was wollte er eigentlich danach auftischen? Wieder irrlichterten seine Gedanken ziellos umher: Wie sollte Mirjam später in ihre Wohnung hinauf nach Trotha kommen bei diesem von Minute zu Minute dichter werdenden Nebel? Am Ende würde sie noch in seinem Gästezimmer übernachten.

In einem einzigen Zug kippte er den herrlichen Sancerre-Roséwein hinunter, als sei es Wasser. Tom musste sich zusammenreißen. Wie weit war der Lachs? Die Sojasauce war bereits eingezogen. Jetzt den Fisch schnell in die Grillpfanne legen, ihn auf jeder Seite eine Minute lang sanft dünsten, danach in einer Folie mit frischen Kräutern zehn Minuten bei geringer Temperatur in den vorgeheizten Ofen schieben. Nun ebenso sorgfältig und – nur nicht zu schnell – den Spinat in brauner Butter wenden und dann warm stellen.

Endlich funktionierte Tom so präzise wie das sprichwörtliche mechanische Uhrwerk Schweizer Bauart. Derweil vertrieb Mirjam sich in seinem Arbeitszimmer die Zeit mit einem Glas Wein und seinen Büchern. Als er endlich servierte und sie gemeinsam am Tisch Platz nahmen, war sie hingerissen. Der Lachs, asiatisch angehaucht – zart gedünstet, im Kern noch leicht roh; der Blattspinat, mit gehackten Haselnüssen angerichtet und mit einem Spritzer Nussöl verfeinert. Dazu reichte Tom einen wunderbaren mineralischen Riesling vom Wrangelschen Weingut. Es war ein Essen für die Götter! Schließlich der Nachtisch: Camembert mit frischen Weintrauben, dazu knuspriges Baguette. Begleitet von einem alten Amarone aus Venetien, einem unübertrefflichen Rotwein. Zum guten Schluss Kaffee, nebst einem ordentlichen Schluck Birnenschnaps.

»Du hast jetzt die Wahl.« Tom lehnte sich zurück. »Entweder rufe ich dir ein Taxi oder du übernachtest in meinem Gästezimmer. Das ist ein Angebot ohne jeglichen Hintergedanken, versteht sich. Gemeinsam frühstücken sollten wir am anderen Morgen aber schon noch, oder?«

Das gemütliche Frühstück am nächsten Morgen wurde jäh vom ungeduldigen Läuten an der Wohnungstür unterbrochen.

»Wer will denn schon vor acht Uhr morgens etwas von mir«, murmelte Tom noch halb verschlafen und drückte auf den Summer.

Keine Minute später ging Jakob Salomon an Tom vorbei in die Wohnung, wo er wie angewurzelt stehen blieb, als er Mirjam, die gerade in ein knuspriges Brötchen mit Heidehonig beißen wollte, am Küchentisch sitzend erblickte.

»Ich will das junge Glück nicht stören, aber davon konnte ich ja nun wirklich nichts wissen. Ich bin sofort wieder weg, Ihr habt mich gar nicht gesehen«, trompetete Jakob so laut, dass er über sich selbst erschrocken seine Stimme dämpfte.

Tom versuchte ihm die Situation zu erklären, aber Jakob winkte lässig ab, nahm sich stattdessen ungefragt einen Teller sowie eine Tasse aus dem Schrank und ließ sich zwischen den beiden nieder.

»Wenn wir drei jetzt schon beieinandersitzen, wäre es ja nicht verkehrt, über alles, was bisher geschehen ist, zu reden, um anschließend zu beratschlagen, was wir in den nächsten Tagen unternehmen können. Falls du«, Jakob blickte auf Tom, »es Mirjam nicht bereits erzählt hast, fang doch jetzt damit an. Vielleicht kann sie uns, nicht nur Dank ihrer Erfahrung, sondern auch qua ihres Amtes, unter die Arme greifen.«

Tom berichtete ihnen von dem unerklärbaren Anruf eines Mannes, der sich als Bruder seines in seiner Brüsseler Wohnung ermordeten Informanten von Sidlar gemeldet hatte. Dann zeigte er Mirjam und Jakob sein privates Mobiltelefon und erklärte, er habe zwar sofort die Aufnahmetaste gedrückt, doch das Gerät habe weder das Gespräch aufgenommen noch den Anruf registriert.

Mirjam schaute sich den Apparat an, dann schüttelte sie den Kopf. »Wie ich das mit meinem laienhaften Blick sehe, ist mit diesem Gerät seit gut zwei Wochen nicht mehr telefoniert worden. Es ist demnach auch kein Anruf eingegangen. Erst recht nicht dieser Tage. Aber, wenn du willst, nehme ich es mit und zeige es unseren Experten. Vielleicht kommen die ja weiter.«

Jakob ermunterte Tom weiterzusprechen. Tom erzählte also von dem Brüsseler Mord an Ex-Offizier Christoph von Sidlar, der an jenem Februarabend geschehen war, als dieser mit Tom über geheime Leuna-Akten sprechen wollte, die er in Bonn versteckt hatte.

»Mich macht stutzig«, sagte Tom, »dass von Sidlar auf dieselbe Weise ums Leben gekommen ist wie jetzt in Halle die Mitarbeiterin der ehrwürdigen Paracelsus-Apotheke. Ich bin versucht, an ein und denselben Täter und obendrein an ein und denselben Auftraggeber zu denken. Doch was hat eine Apothekerin aus Halle mit den heimlichen Millionen-Geschäften in Leuna zu tun?«

Mirjam Wrangel, in ihrem dunkelgrauen Hosenanzug besonders streng wirkend, sah Tom und Jakob kurz an.

»Also, die Aktenlage in Brüssel ist uns keineswegs unbekannt«, gab sie preis. »Tom, warum verschweigst du eigentlich, dass deine seit geraumer Zeit von dir getrennt lebende Ehefrau noch einen Schlüssel zu eurer einst gemeinsamen Brüsseler Wohnung, also zum Tatort besitzt?«

Damit hatte Tom nun wirklich nicht gerechnet. Er stand abrupt auf, drehte eine hastige Runde um den Küchentisch und atmete tief durch.

»Weil nicht nur ich, sondern auch unser Chefredakteur vermutet, dass sie ein falsches Spiel treibt. Ich weiß nur nicht, warum«, antwortete er kleinlaut. »Sie verdient nämlich als leitende Verwaltungsbeamtin der NATO ein Schweinegeld, was ihr ein sorgloses, fast glamouröses Leben gestattet. Doch gerade eine solche Position, fernab jeder öffentlichen Wirkung, eröffnet ihr auch eine ganze Menge Möglichkeiten. Zumal sie seit geraumer Zeit mit einem hohen NATO-Offizier liiert sein soll. So formuliert es jedenfalls unser Chefredakteur.«

Tom atmete erneut tief durch, und Jakob starrte kopfschüttelnd zur Küchendecke hinauf.

»Das deckt sich durchaus mit unseren Beobachtungen und Spekulationen«, sagte Mirjam sachlich. »Denn wer war nicht schon alles in die Leuna-Affäre verwickelt. Sogar der einstige französische Wirtschaftsminister Dominique Strauss-Kahn. Warum also nicht auch der eine oder andere NATO-Mitarbeiter?« Mirjam biss in ihr Brötchen. »Somit hängt offenbar doch alles irgendwie zusammen. Doch wie? Ich weiß, zum Beispiel, dass ihr einen Zeugen ausfindig gemacht habt, der in einem nach der Wende gegründeten chemischen Unternehmen, sehr krank geworden ist. Und zwar in einem Betrieb in Teutschenthal. Nun schaut mich nicht so verdutzt an! Dieser Mann hat zuletzt für eine amerikanische Firma gearbeitet, und deshalb wird er wohl auch nirgendwo finanzielle Unterstützung erhalten. Es sei denn, ihr findet heraus, ob er damals einen rechtskräftigen deutschen Arbeitsvertrag besessen hat, dann ließe sich vielleicht noch etwas für ihn erreichen. Ansonsten sehe ich leider schwarz.«

»Es soll doch zwei deutsche Regierungsmitglieder gegeben haben, so steht es jedenfalls in meinen Akten, die mit dem Ausverkauf der Leuna-Werke richtig viel Kohle gemacht haben«, lenkte Tom das Thema wieder auf den ehemaligen Volkseigenen Betrieb. »An die müssten wir doch rankommen, die müssten wir dazu befragen, oder?«

»Hans Friderichs, ehedem Bundeswirtschaftsminister unter Willy Brandt und Helmut Schmidt und als solcher in die Flick-Affäre verwickelt.« Mirjam lächelte nachsichtig. »Der FDP-Mann war in der fraglichen Zeit Aufsichtsratsvorsitzender der Leuna-Werke und zugleich Berater einer Bank, die damals das französische Unternehmen ELF vertrat. An dem heute über Achtzigjährigen haben sich schon so manche hartgesottenen Juristen die Zähne ausgebissen.« Mirjam blickte bedauernd in die Runde. »Als zweiter Geldempfänger wird in unseren Akten eine gewisse Agnes Hürland-Büning von der CDU geführt. Sie hat sicher sehr viel gewusst, denn sie war bis 1990 Parlamentarische Staatssekretärin im Verteidigungsministerium, hatte also schon deshalb beste Beziehungen zu verschiedenen NATO-Beamten in Brüssel. Obendrein hat sie nach ihrem Abschied von der Politik für ELF als Lobbyistin gearbeitet. Aber sie können wir leider nicht mehr befragen, denn sie ist 2009 verstorben.«

»Aber es müssen, verdammt noch mal, doch noch einige der damals aktiven Figuren leben und bei klarem Verstand sein …«, warf Tom ein.

»Das ist wohl eher ein Wunschtraum«, konterte Mirjam: »Denn etwa zehn Personen – so das Pariser Kriminalgericht am 12. November 2003 – sind in der Leuna-Affäre unter sogenannten dubiosen Umständen gestorben. Vier von ihnen hatten die französischen Ermittler bereits als besonders verdächtig eingestuft. Doch weiter sind auch sie nicht gekommen.«

Jakob schüttelte den Kopf. »Einmal hat Wolfgang Schäuble davon gesprochen, dass Leuna ein Kick-Back an ELF-Manager gewesen sein soll«, erinnerte er sich. »Das weiß ich noch genau. Kommen wir damit vielleicht weiter?«

»Als Kick-Back wird die Rückerstattung eines Teils des gezahlten Betrages eines Geschäftes zwischen mindestens drei Beteiligten durch einen Beteiligten an einen anderen bezeichnet«, erläuterte Tom, der darüber im *Brussels Background* geschrieben hatte. »Dazu gehört natürlich, dass der Kick-Back demjenigen, der ihn letztlich aufzubringen hat, nicht bekannt gemacht wird. Und das ist nach deutscher Rechtsprechung eine Vertragsverletzung.«

»Wem sagt du das«, seufzte Mirjam. »Doch wie auch immer, bislang hat das so gut wie nichts gebracht.« Mirjams Miene verfinsterte sich. »Tom, aufgrund unserer Ermittlungen weiß ich, dass du dich auch hier in Halle in Gefahr begeben hast. Ich schlage vor, dass du dich eine Zeitlang nach Freyburg ins *Hotel*

Rebschule verdrückst. Am besten nimmst du Hannah vom *Rannischen Café* mit. Ein turtelndes Paar fällt dort nicht auf.«

»Woher weißt du …« Tom staunte.

»Ich weiß mehr, als dir lieb sein wird.« Mirjam stand schon im Korridor. »Ich weiß auch, dass von Sidlar gar keinen Bruder gehabt hat. Wer hat dir also in Bonn die geheimnisvollen Leuna-Akten übergeben? Handelt es sich bei den handschriftlichen Aufzeichnungen vielleicht um äußerst geschickte Fälschungen? So etwas beherrschten ja nicht nur die Spezialisten der Stasi. Denk mal drüber nach. Aber jetzt muss ich wirklich los.«

8

Susan Vrijdag starrte in den Herbstregen, der seit Stunden auf den Hallmarkt prasselte und die Marienkirche verhüllte. Sie schwieg nachdenklich. Plötzlich drehte sie sich um.

»Wen haben wir bei deinen irrsinnigen Aktionen eigentlich nicht gegen uns, Tom?«, fragte sie unvermittelt.

»Alles nur halb so schlimm«, meinte er verlegen. »Keine Bange, das wird schon gutgehen.«

Doch Susan Vrijdag schüttelte den Kopf. »Also listen wir mal auf«, sagte sie verärgert. »Gegen uns haben wir auf alle Fälle ein halbes Dutzend europäischer Regierungen, die nicht wahrhaben wollen, dass in ihren Ländern unter der Hand Drogen hergestellt und vertrieben werden. Andere wiederum wissen darum, schauen aber einfach darüber hinweg. Doch egal, sie alle werden uns Verleumdung vorwerfen. Ähnlich wird fast die gesamte Pharmaindustrie reagieren, vor allem die hinter ihr stehende mächtige internationale Lobby wird uns gewaltig einheizen. Und zwar auf höchst unfeine Art und Weise. Doch wie auch immer: Sie alle können uns bereits in außergerichtlichen Verhandlungen in die Knie zwingen. Schon allein das wird sehr schmerzhaft sein.«

Tom war sich dem Ernst der Lage durchaus bewusst. Dennoch versuchte er, die Argumente seiner Redaktionskollegin abzuwiegeln.

»Meistens bleibt es doch bei Drohgebärden im Vorfeld«, winkte er ab. »Wenn es dazu kommt, sollten wir uns deshalb nicht gleich abschrecken lassen.«

Susan Vrijdag war nicht extra von Brüssel nach Halle gereist, um sich so einfach von Tom aus ihrem Konzept bringen zu lassen.

»Hast du schon mal an die superreichen großen Sportverbände gedacht? An das korrupte Internationale Olympische Komitee, an den moralisch völlig verkommenen Internationalen Fußballverband? Und an die wirklichen Herren dieser Verbände, an deren milliardenschwere Subunternehmer?«, warf sie ein. »Außerdem bist du mit deinen Recherchen auch gleich noch einigen Militärexperten aus kriegführenden Drittländern auf die Füße getreten. Von den miteinander konkurrierenden Mafia-Organisationen aus Italien, Frankreich und dem früheren Jugoslawien will ich gar nicht erst reden.«

Tom lächelte, nickte aber zustimmend. »Aber alle diese Mafiosi gehen erfahrungsgemäß nie vor irgendein ordentliches Gericht«, sagte er. »Die handeln auf ihre ganz und gar eigene Art: Unangemeldet, lautlos, bedrohlich, am Ende sogar tödlich. Das habe ich alles auf der Rechnung.«

Doch Susan Vrijdag konnte gerade das nicht beruhigen. »Also ist ja alles nur noch halb so schlimm«, sagte sie ironisch. »Zumal sich auf unserer Redaktion in Brüssel, wenn mal wirklich alle Mann an Bord sein sollten, immerhin achtundzwanzig wehrhafte Leute versammeln. Also achtundzwanzig gegen den Rest der Welt! Aber, was soll's: Der Vatikan hat ja auch keine Bataillone.«

Tom verschlug es die Sprache. Er, der Abgebrühte und in schwierigen Fällen besonders clever Agierende, fühlte sich auf einmal in die Enge getrieben. Zum ersten Mal waren ihm alle jene Argumente ausgegangen, mit denen er sonst jede noch so brandheiße Story aus dem Feuer gerissen und ins Blatt gehoben hatte. Doch diesmal waren die Widerstände seitens der Redaktionsleitung groß. Mike O'Mara, der dickköpfige irische Chefredakteur des gefürchteten Politmagazins *Brussels Background*, hatte nach Toms unliebsamen Mails und den daraus resultierenden wütenden Auseinandersetzungen am Telefon Susan Vrijdag gebeten, sich auf den Weg nach Halle zu machen. Dort sollte sie sich ein Bild von jener – seiner Meinung nach – unerquicklichen Lage verschaffen, in die Tom hineingeschlittert zu sein schien.

Susan Vrijdag, der kluge Kopf des Blattes, die gefeierte Essayistin und punktgenaue Leitartiklerin, sollte es also richten. Ausgerechnet sie, deren kommunistische Eltern einst vor den Nazis aus Berlin in die Niederlande geflohen waren – und die es bisher vermieden hatte, deutschen Boden zu betreten. Susan galt als moralische Instanz, als das Gewissen von *Brussels Background*. Und nicht nur dort. Ihre kühlen Analysen ließen so manchen regelrecht erschauern. Gemeinsam mit Tom schmückte sie auch deshalb das Impressum des Blattes als hochgeachtete Herausgeberin.

»Wie kann ich dir helfen, Susan?«, fragte Tom nach einer langen Denkpause, um dann eher kleinlaut anzufügen: »Du kümmerst dich ja sonst nie um die Finanzen unseres feinen kleinen Blattes. Wir haben in letzter Zeit genug Geld verdient, um es auch mal für Informationen ausgeben zu können. Also immer dann, wenn wir durch bloßes Recherchieren nicht das erfahren, was notwendig ist, um tiefer einzusteigen.« Tom erläuterte, dass er nicht zu denjenigen Kollegen gehöre, die über den sogenannten Scheckbuch-Journalismus die Nase rümpfen würden, wie es bei *Brussels Background* Usus sei. Das Magazin habe zwar selten für eine Information gezahlt, aber ganz ohne Scheckbuch wäre man auch bei *Brussels Background* nicht bei jeder Recherche zu einem juristisch unanfechtbaren Ergebnis gekommen.

»Ein bekannter deutscher Publizist hat dieses Dilemma einmal so beschrieben: ›Wir sind da ein bisschen in der Lage der Klosterschülerin, deren Schulgeld die Mutter auf dem Strich verdient: Wir können uns leicht erhaben dünken; die Drecksarbeit tun die anderen.‹ Vielleicht hast du den Satz schon mal gehört, Susan. Aber man darf als Journalist zumindest hoffen«, erläuterte Tom die Sachlage und verwies dabei auf Dr. Henrixdorff, den Arzt im Bergmannstrost, den er aktuell angezapft hatte, »und auch darauf setzen, dass der jeweilige Tippgeber auf seine eigene Sicherheit achtet. Übrigens, falls er als mutmaßlich sympathischer, uneigennütziger Enthüller seine Hinweise nicht ausreichend belegen kann, gefährdet er nicht nur die Redaktion und mich, sondern bringt auch sich in Gefahr.«

Susan fuhr sich mit der rechten Hand energisch durch ihr stahlgraues kurzes Haar, als wolle sie zugleich ihre Gedanken ordnen.

»Nach allem, was ich jetzt von dir gehört habe«, entgegnete sie, »muss ich wohl davon ausgehen, dass du vor einem Durchbruch stehst und niemals beabsichtigt hast, wie es zwischendurch schien, in erster Linie einer Mord-und-Totschlag-Story auf den Grund zu gehen. Es ging und es geht dir also weiterhin um die rätselhaften Hintergründe dieser Leuna-Affäre. Und wo es um irrsinnig viel Geld geht, herrschen eben auch extrem raue Sitten.« Susan hielt kurz inne und schaute Tom fest an. »Ich habe auch begriffen, dass sich bei der ganzen Geschichte zwei scheinbar unzusammenhängende Fälle überschneiden. Weil sich aber alles zusammenfügt, liegt die gesamte Story bereits in Brüssel druckfertig vor. Prima! Nur eins noch: Du kennst ja Mikes widersprüchliche Denk- und Handlungsweise. Einerseits will er jeden Mitarbeiter vor Unbilden jeglicher Art schützen, andererseits entwickelt er bei brandgefährlichen Recherchen sogar noch jenen Jagdinstinkt, vor dem man ihn eigentlich schützen sollte. Sonst kämen wir alle unter die Räder.«

Damit sich Susan überzeugen konnte, mit wem Tom besonders eng zusammenarbeitete und was bisher dabei herausgesprungen war, lud er Jakob zum Abendessen ein. Zu einer herbstlichen

Gemüsesuppe, gekocht aus dem, was Jahreszeit und Tiefkühltruhe gerade hergaben; natürlich in einer kräftigen Bouillon, die Tom aus Hühnerkeulen und einem halben Pfund Rinderfleisch gezaubert hatte.

Jakobs Arbeit beeindruckte Susan. Aufmerksam hörte sie ihm zu, als er beim Essen davon erzählte, wie er den unheilbar kranken Chemiearbeiter ausfindig gemacht hatte. Das traurige Schicksal Karl Möbius', der weder vom Staat noch von jenen Unternehmen, für die er geschuftet hatte, irgendeine Entschädigung bekam, hielt Susan, obwohl weiß Gott kein Einzelfall, für eine erhellende Story.

»So etwas, versehen mit hieb- und stichfesten Statistiken, dazu einigen Hinweisen auf die unfallträchtige Vergangenheit mitteldeutscher Chemiebetriebe, bringt doch schon mal ein erstes Licht in diese schreckliche, immer noch ungeklärte Leuna-Affäre«, sagte sie. »Ich selbst werde den Artikel redigieren und dafür sorgen, dass er gleich ins nächste Heft kommt. »Natürlich sollten wir Namen und Wohnort des Geschädigten ändern«, mahnte Susan, »schon, um den Mann nicht unnötigen Gefahren auszusetzen. Tom, für mein Engagement bist du mir aber ein, zwei Gläser deines berühmten Birnenschnapses schuldig.«

Ein paar Schnäpse später verabschiedete sich Jakob, und Tom führte Susan in sein Gästezimmer, bevor er sich in seinem Schlafzimmer selbst zur Ruhe legte.

Am nächsten Morgen machte Susan Vrijdag sich in ihrem betagten MG auf den Rückweg nach Brüssel.

»Es ist zwar ein Sportwagen, doch oft geht es mit ihm nur noch schrittweise voran.« Sie winkte Tom ein letztes Mal zu, kurbelte die Scheibe hoch und fuhr davon.

Auch Tom verließ Halle noch am Vormittag. Wie mit Mirjam Wrangel verabredet, fuhr er, der eigenen Sicherheit wegen, nach Freyburg. Hannah hatte sich nicht lange bitten lassen und sich ein paar Tage frei genommen. Glücklich saß sie nun neben Tom im Zugabteil, dessen aktuelle Sorgen schnell verflogen. Die Fahrt erschien ihm fast wie eine Reise in die eigene Vergangenheit. Als Tom vor Jahrzehnten mit seiner Mutter mit der Eisenbahn durchs Tal an der Saale entlanggefahren war, um nach Freyburg an der Unstrut zu gelangen, hatte er sich gefühlt, als fahre er geradewegs in ein Märchenland hinein. Was vor allem an der sanften, berückenden Landschaft mit ihren Weinbergen lag; mit ihren Wiesengründen, plötzlich auftauchenden Burgruinen und uralten Städten. Er staunte, dass alles noch genau so auf ihn wirkte wie in seinen Erinnerungen. Dass dieser Zauber, trotz des Regens, ihn auch noch Jahrzehnte später in seinen Bann zog, bemerkte er vor allem, als sie am sagenumwobenen Bad Kösen, dann an der Rudelsburg und Burg Saaleck vorbeifuhren.

»Mit unserer Schulklasse sind wir früher oft zu den Burgruinen gewandert«, erzählte Hannah und zeigte auf die alten Gemäuer.

»Weißt du auch, was es mit der jüngeren Vergangenheit von Saaleck auf sich hat?«, fragte Tom und begann auch schon – um wenigstens für einige Augenblicke seine nervenaufreibenden Nachforschungen zu verdrängen – zu dozieren über den Architekten und NS-Rassentheoretiker Paul Schultze-Naumburg, der in dessen Heim- und Wirkungsstätte in Saaleck einst Hitler und zahlreichen Nazigrößen empfangen hatte. Heute verfiel das fragwürdige Anwesen hoch über dem Saaletal zusehends.

»Was du alles weißt«, meinte Hannah anerkennend.

»Steht alles in Büchern«, antwortete Tom lapidar. »Lass uns in Naumburg aussteigen und dort eine Pause einlegen«, schlug er dann unvermittelt vor.

Eine Stunde später bummelten sie durch die mittelalterliche Innenstadt, in welcher im unaufhörlichen feinen Herbstregen die Zeit still zu stehen schien. Im Café gegenüber dem Dom mit seinem berühmten Westchor und den Stifterfiguren aßen Hannah und Tom eine Kleinigkeit zu Mittag.

»Friedrich Nietzsche, der ja nicht weit von hier in Röcken bei Lützen geboren wurde, hat seine Jugend und seine letzten Jahre, als seine Mutter ihn pflegen musste, in Naumburg verbracht«, sinnierte Tom.

»Ja«, antwortete Hannah. »Das ehemalige Wohnhaus der Familie im Weingarten ist seit vielen Jahren für die Öffentlichkeit zugänglich. Es gibt dort eine sehr interessante Ausstellung zu ›Nietzsche in Naumburg‹.«

»Ah, zu DDR-Zeiten war der Philosoph ja ungeachtet seiner räumlichen Bindung an den Osten ungeliebt«, erinnerte sich Tom, der seinerzeit Geschichte an der Universität Halle-Wittenberg studiert hatte. »Zwar arbeitete man am Nietzsche-Archiv in Weimar, wo seine Überreste begraben liegen, seit den sechziger Jahren des letzten Jahrhunderts an einer Werkausgabe seiner Schriften. Doch dass mal eine Vorlesung über ihn stattfand, war lange Zeit unvorstellbar.«

»Ja, Nietzsche gehörte in der DDR eben zur bürgerlichen Kultur, und nicht zur proletarischen«, antwortete Hannah gescheit. »Komm, lass uns bezahlen und weiterfahren. Ich bin schon ganz neugierig auf dieses Hotel.«

Professor Sorge griff in seine linke Sakkotasche und zog einen verschlossenen Briefumschlag hervor. Darin fände er, erläuterte der Chemiker seinem Besucher Mao-Mao, Lagepläne von jenen Nordhausener Stollen, die zwar verschlossen wurden, sich aber für unterirdische geheime Labore jederzeit öffnen ließen. Wie man das ohne Gefahr bewerkstelligen könnte, habe er ebenfalls vermerkt, sagte Sorge. Mao-Maos Auftraggeber, ob nun Hirschinger oder dessen Bosse in Frankreich und Belgien oder auch die Herrschaften in den europäischen und amerikanischen Pharmakonzernen, wüssten mit seinen sorgfältigen Aufzeichnungen sicherlich hervorragend umzugehen. Zumal diese maßstabgetreu seien und er jederzeit für Erläuterungen zur Verfügung stehe.

Mao-Mao nickte und griff in die Jackentasche seines tiefblauen französischen Designerblazers. Dann überreichte er Sorge ebenfalls einen Umschlag. Dieser enthalte, wie verabredet, als erste Anzahlung zwanzigtausend Euro.

»Wollen Sie nicht nachzählen?«, fragte Mao-Mao.

Sorge lächelte nur milde, als er den verschlossenen Umschlag einsteckte.

Mao-Mao mochte solche Geschäfte. Glatt, klar und – wie er es sah – auch aufrichtig. Er trank seinen grünen Tee aus, verabschiedete sich höflich und machte sich auf den Weg zum Jenaer Westbahnhof.

Nachdem Mao-Mao am Bahnhof in den bereitstehenden Zug gestiegen war, tauchte plötzlich Professor Sorge auf dem Bahnsteig auf und stieg ebenfalls in den Zug ein. Der Zug fuhr ab und zuckelte wie seit Jahrzehnten geruhsam durchs Saaletal.

Kurz vor Naumburg wurde es hektisch. Eine junge Frau im Trenchcoat und mit Borsalino betrat begleitet von vier uniformierten Polizisten das Abteil, in dem Mao-Mao saß, und hielt dem Halbkoreaner einen amtlichen Ausweis unter die Nase.

»Staatsanwältin Wrangel, ich verhafte Sie wegen des dringenden Verdachts, die Apothekerin Dr. Monika Silhava in Halle an der Saale ermordet zu haben. Im Auftrag der belgischen Polizei legen wir Ihnen außerdem zur Last, in Brüssel den deutschen Bürger Christoph von Sidlar ebenfalls in den Tod befördert zu haben.«

Mao-Mao sprang instinktiv auf und wollte in die entgegengesetzte Richtung fliehen, doch am anderen Ende des Waggons postierte sich Professor Heinrich Sorge. Sein verlässlicher Geschäftspartner, wie Mao-Mao vor einer halben Stunde noch fest geglaubt hatte, hielt ihm ebenfalls einen Ausweis entgegen.

»Sorge, Generalstaatsanwaltschaft. Sie sind verhaftet«, sagte er nüchtern und schaute in das verblüffte Gesicht von Mao-Mao.

Handschellen klickten, und der Beschuldigte wurde unsanft auf den Naumburger Bahnsteig befördert, wo der Zug zum Stehen gekommen war. Die Reisenden auf dem Bahngleis guckten schaulustig herüber, als die Beamten den Mann in Handschellen zu einem bereitstehenden Polizeibus führten. Der brachte Mao-Mao nach Halle in die Merseburger Straße zum Verhör in der dortigen Staatsanwaltschaft.

Oberstaatsanwalt von Szolt gratulierte Mirjam zur gelungenen Festnahme.

»Dieser Kerl wird schweigen wie ein Grab«, warnte er die junge Kollegin vor dem ersten Verhör. »Aber Sie verfügen ja über Verhörtechniken, um die Sie ein jeder hier beneidet.« Und an Sorge gerichtet: »Danke, Professor Sorge.«

Der nickte diskret. Der Jenaer Chemie-Professor war nach dem Zusammenbruch der DDR nicht etwa wie sein Studiengenosse Hirschinger ins Ausland gegangen, sondern da geblieben. Obwohl er weiterhin in Jena wohnte, hat er bald nach der Wende angefangen, für die Generalstaatsanwaltschaft Naumburg zu arbeiten. Auch als verdeckter Ermittler.

Mao-Mao wurde in Handschellen in einen Verhörraum geführt und von vier bewaffneten Polizisten bewacht. Vor der Tür verständigten sich Mirjam Wrangel und Heinrich Sorge über eine gemeinsame Taktik.

»Na, dann wollen wir mal«, gab Mirjam den Startschuss zum Verhör und marschierte mit Sorge zu Mao-Mao hinein.

Sorge legte als Erstes den von Mao-Mao erhaltenen Umschlag mit den zwanzigtausend Euro auf den Tisch, setzte sich auf einen Stuhl und schwieg.

»Es ist ja häufig der Zufall, der in einem Fall, wie wahrscheinlich auch in dem Ihrigen, am Ende zur Lösung führt«, begann

Mirjam das Verhör. »Ein Beispiel: Ein Postpaket aus Asien überführte im Juli 2014 einen Physiotherapeuten. Den Zollfahndern war damals die Lieferung mit Wirkstoffen zur Herstellung von illegalen Dopingmitteln aufgefallen. Und siehe da, der überprüfte Empfänger entpuppte sich als Treffer.«

Mao-Mao schwieg eisern.

»Die Essener Zollfahnder fanden danach ein komplett ausgestattetes Untergrundlabor in seinem Einfamilienhaus in Witten«, fuhr Mirjam ebenso unbeirrbar wie freundlich fort. »Mit Reagenzgläsern, Filtern und jeder Menge nicht sterilisierter Laborgeräte. Damit hatte der Achtundzwanzigjährige wohl seine eigenen Anabolika-Ampullen, Testosteron-Präparate und sogar ein Potenzmittel gebraut. Sie sehen also, irgendwann fügt sich eben alles irgendwie zusammen.«

Mao-Mao blickte weiterhin unbeeindruckt zwischen Mirjam und Sorge auf die gegenüberliegende Wand.

»Schauen Sie, Henryk Janssen, so heißen Sie doch in Wirklichkeit, warum um alles in der Welt wollen Sie einen der Nordhausener Stollen erwerben, wenn man heute für ein eigenes Labor kein besonderes Versteck, ja nicht einmal mehr ein Studium braucht? Wirkstoffe und Laborgeräte können im Internet bestellt, Pillen und Ampullen im Netz gekauft werden. Ein lukrativer Markt, der seit etwa zehn Jahren zuverlässig wächst. Denn die chinesische Chemie- und Pharmaindustrie liefert heute alles, was früher für den Normalbürger nicht zu kriegen war. Zum Beispiel Methylhexanamin, das als Fatburner oder Trainingsbooster Nahrungsergänzungsmitteln illegal beigemischt wird. Was also sollte in Nordhausen hergestellt werden?«

Henryk Janssen, alias Mao-Mao, reagierte mit keinem Wort und keinem Blick auf Mirjams Ausführungen.

»Gerade Sie wissen doch«, ergriff nun der Chemie-Professor eine Spur unfreundlicher als Mirjam das Wort, »dass es beim chinesischen Online-Riesen Huang ein Kilogramm des Stoffs für hundertfünfundsiebzig US-Dollar zu kaufen gibt. Daraus lassen sich fünfundzwanzigtausend Tabletten herstellen. Was also wollten Sie produzieren? Doch wohl keine Massenware, sondern viel eher Premiumprodukte? Und für wen?«

Mirjam schlug die vor ihr auf dem Tisch liegende Akte auf, in der obenauf ein deutscher Reisepass lag. Sie blätterte darin, schüttelte ungläubig den Kopf.

»Zugegeben, dieser Pass ist hervorragend gefälscht«, sagte sie mehr zu sich selbst als zu Mao-Mao. »Aber er bleibt trotzdem eine Fälschung. Denn Sie heißen nicht Erich Schulz, sondern Henryk Janssen. Sie wohnen auch nicht in Meerbusch bei Düsseldorf, sondern in den Niederlanden, freilich auch dort unter einem falschen Namen. In dieser Akte von Europol wird Ihr Weg in den letzten zehn Jahren nachgezeichnet. In dieser Zeit haben Sie es – allein in Europa – nachweislich auf acht Morde gebracht. Vermutlich waren es weit mehr, das wissen wir noch nicht. Immer mittels eines blitzschnell ausgeführten Genickbruchs. Ihr Markenzeichen.«

Mao-Mao verzog immer noch keine Miene.

»Möchten Sie einen Anwalt?«, fragte Mirjam höflich.

Doch Mao-Mao schwieg beharrlich. Sorge blätterte in dessen Akte.

»Sagen Sie, Janssen, warum haben Sie Christoph von Sidlar in Brüssel das Genick gebrochen?«, fauchte er plötzlich. »Vor allem: In wessen Auftrag?«

Für einen kurzen Moment zeigte sich so etwas wie Verblüffung in Mao-Maos Augen.

»Wer in Brüssel wollte an Sidlars geheime Leuna-Akten kommen?«, versuchte Mirjam sofort die Schwäche Mao-Maos zu nutzen. »Die sogenannte ›Lageristin‹? Oder Hirschinger? Oder irgendwelche Politiker? Wir wissen ja, wer Sie auf jeden Fall schwer belasten wird«, bluffte sie. »Schon, um seine eigene Haut zu retten. Aber das alles können Sie sich ja in den nächsten Tagen in Ihrer Zelle durch den Kopf gehen lassen.«

Im stillen Freyburg im abseits gelegenen *Hotel Rebschule* schreckte Tom nachts urplötzlich hoch. Hatte er nicht eben ein fremdes Geräusch wahrgenommen?

Er drehte sich zu Hannah um, doch die träumte selig. War da nun ein merkwürdiges Geräusch gewesen? Tom hockte auf der Bettkante und lauschte gespannt. Er brauchte einen Moment, bis er begriff, wo er sich befand. Im Hotelzimmer war es stockdunkel, und ihm war ein wenig mulmig zumute. Tom schaute misstrauisch auf den Radiowecker zu seiner Linken: 5.47 Uhr. Eigentlich nicht seine Zeit. Er legte sich wieder hin und schloss die Augen.

Doch da! Auf einmal war es wieder da, dieses hässliche unbekannte Geräusch! Tom quälte sich aus dem Bett, während Hannah weiter schlummerte, und schlich hinüber zum Fenster. Vorsichtig schaute er auf die Straße hinunter. Direkt unter ihm schleppten zwei Männer im fahlen Licht der Straßenlaterne eine nicht allzu große, doch scheinbar schwere Kiste ins Hotel, die sie zuvor aus einem Lieferwagen bugsiert haben mussten. Tom las den Schriftzug auf dem Transporter: »Frischer Fisch – jeden Tag!« Davon hatten Hannah und er am Abend zuvor mit viel Genuss gegessen – wunderbare Wels-Filets, kurzgebraten und in einer fantastischen Safran-Sauce serviert.

Also nur eine Kiste voller Fisch! Tom atmete tief durch, schüttelte den Kopf über seine Schreckhaftigkeit und kroch zurück ins Bett. Er wollte mindestens noch drei Stunden schlafen.

»Komm, aufwachen, es ist neun Uhr! Lass uns frühstücken, Tom. Ich hab Hunger.« Hannah küsste ihn leicht auf den Mund. Da klingelte auch noch sein Mobiltelefon, das auf dem Nachtisch lag.

»Ihr könnt jetzt euer Versteck verlassen, denn wir haben gestern von Sidlars Mörder verhaftet.« Es war Mirjam. »Er ist nach unseren Indizien auch derjenige, der die Apothekerin Silhava ermordet hat. Warum er sie umgebracht hat, wird er uns wohl nicht selbst sagen, er ist ein harter Brocken. Aber wir werden es dennoch herausfinden. Es ist wohl so, Tom, wie du von Anfang an vermutet hast: In dieser Sache hängt das eine mit dem anderen enger zusammen, als wir uns vorstellen können.«

9

»Wie kann ich Ihnen helfen, bitte?«

Karla Lieberknecht spielte bei jedem Kunden die personifizierte Fürsorge. Und zwar perfekt. Ob er nur Hustenbonbons benötigte oder ein Krebsmedikament verschrieben bekommen hatte. Deshalb verhielt sie sich auch nicht anders, als in der Paracelsus-Apotheke ein gewisser Herr Sorge vor ihr stand.

»Ich möchte gern Herrn Hirschinger sprechen. Er ist doch wohl im Hause?«, erwiderte Sorge ihren fragenden Blick.

»Sie können Ihr Rezept auch mir anvertrauen.« Im Nu hatte Karla ihr professionelles Mitgefühl um zwei Stufen herabgeschraubt. »Doch wenn Sie unbedingt darauf bestehen ...«

»Es geht nicht um ein Rezept.« Sorge lächelte höflich, blieb aber hartnäckig. »Es geht um eine private Angelegenheit. Ich habe Herrn Hirschinger eine halbe Ewigkeit nicht mehr gesehen. Weil ich heute zufällig in Halle zu tun habe, würde ich ihn gerne treffen. Bestellen Sie ihm doch bitte: Heinrich Sorge freue sich, ihn endlich einmal wiederzusehen. Wir haben gemeinsam studiert. Er wird sich bestimmt noch an mich erinnern.«

Karla verschwand für eine gefühlte Ewigkeit in Hirschingers Büro, bevor sie endlich zurückkam

»Wenn Sie geradeaus durch die Tür mit den Bleiglasfenstern gehen«, flüsterte sie Sorge zuckersüß zu, »werden Sie ihn dort antreffen. Er erwartet Sie.«

Sorge hatte während Karlas Abwesenheit seine Dienstwaffe, eine SIG Sauer, entsichert. Man konnte bei jemandem, den man so in die Enge getrieben hatte wie Hirschinger, nie wissen … Dann entschwand er angespannt, aber wie auf Knopfdruck lächelnd in dessen Allerheiligstem.

»Schön, dich nach so langer Zeit endlich einmal wiederzusehen«, empfing ihn der einstige Studiengenosse und wies auf einen Ledersessel. »Was verschafft mir die Ehre? Wenn du dich schon selbst aus Jena zu mir nach Halle bemühst, wohl nichts Gutes. Warum verständigt mich nicht Mao-Mao, so, wie es verabredet war? Hat er dir etwa zu wenig Geld geboten? Das ist eigentlich nicht seine Art. Die Sache mit den geheimen Schächten bei Nordhausen gehe in Ordnung, hat er mir signalisiert. Das hatte mich beruhigt. Aber was ist nun los? Was treibt dich persönlich nach Halle? Ein Höflichkeitsbesuch wird es ja wohl kaum sein.«

Hätte Sorge zuvor nicht die Fotos studiert, die ihm die französische Polizei übermittelt hatte, er hätte Hirschinger nicht wiedererkannt. Seit mehr als fünfundzwanzig Jahren hatte er ihn nicht mehr getroffen. Außerdem hatten plastische Chirurgen Hirschingers Gesicht vollständig verändert. Vor ihm saß ein Mann, der nicht die geringste Ähnlichkeit mit dem früheren Kommilitonen hatte. Doch Sorge ließ sich sein Erstaunen nicht anmerken, sondern zog unbeeindruckt seinen Dienstausweis aus seinem grünen Cordjackett und hielt ihn Hirschinger direkt vors Gesicht.

»Schau dir den genau an!«, schrie Sorge. »Der ist echt. Das ist ein Originalausweis der Generalstaatsanwaltschaft Naumburg. Ich lehre schon lange nicht mehr in Jena an der Friedrich-Schiller-Universität, und ich forsche auch nicht mehr nebenbei für irgendein Pharmaunternehmen an unerlaubten Wirkstoffen. Natürlich habe auch ich damals nach dem Mauerfall lange überlegt, ob ich – so wie du – dem Lockruf der uns beiden bekannten westlichen Pharma-Manager folgen sollte. Doch nach kurzem Zögern habe ich mich bald für die andere, wie ich heute noch meine, richtige Seite entschieden: für die staatliche Justiz, für die ich bis heute arbeite. Denn ich wollte – nicht nur als einmaliger Kronzeuge – alles mit aufdecken, was geschehen war. Ich wollte mit all meinem Wissen und den einst in der DDR entstandenen Verbindungen für mehr Basiswissen in einer neuen Justiz sorgen.«

Hirschinger musterte ihn verärgert, aber auch misstrauisch. War das alles nur ein Bluff?

»Bist du jetzt gekommen, um mich zu verhaften? Heinrich, der Gerechte«, höhnte Hirschinger. »Ich glaub's ja nicht. Wirklich nicht.«

»Warum sollte ich dir denn noch Handschellen anlegen?« Sorge lächelte ein wenig mitleidig. »Du bist doch längst zu deinem eigenen Gefangenen geworden. Egal wo du dich auch aufgehalten hast. Du bist aus dem südfranzösischen Albi, wo du gemeinsam mit Karla Lieberknecht, zur Tarnung versteht sich, eine über die Jahre bestens eingeführte Apotheke in der dortigen Altstadt betrieben hast, nach Halle zurückgekehrt – also nach Hause. Aber es geschah nicht etwa aus Heimweh, sondern aus Berechnung! Denn auch hier hast du eine Apotheke mit einem wohlbekannten Namen in dieser Stadt übernommen. Und hast nun Karla dazugeholt. Wie zuvor in Albi, ebenfalls nur zur Tarnung. Denn dein eigentliches Geschäft besteht ja im Austüfteln und Herstellen ganz besonderer Drogen-Cocktails. Es sind in hohem Maße gefährliche Mischungen für den menschlichen Organismus, weil sie, gewissermaßen mit von dir verabreichter Garantie, süchtig machen. Langsam, aber unaufhaltsam! Ein teuflisches Geschäft! In Albi fand die französische Polizei die Reste deines dortigen Labors in einem seit langem stillgelegten Seitenflügel des städtischen Krankenhauses. Nach diesem Muster wolltest du hier Ähnliches in der Nähe von Nordhausen aufziehen. Dass ein erstes bescheidenes Labor von deinen Handlangern bereits in der Nähe von

Pößneck eingerichtet wurde, ist der Staatsanwaltschaft bereits bekannt. Dein alter Vertrauter Jürgen Solnick hat unsere Nachforschungen außerdem bestätigt. Schon beim ersten Verhör hat er ausgepackt«, bluffte Sorge.

Hirschinger versuchte seine Verwirrung zu verbergen. Wann hatte Solnick gestanden? Hatten Karla und er zu spät dafür gesorgt, dass er für immer verstummte?

»Aber Mao-Mao läuft noch immer unbehelligt draußen herum?«, fragte Hirschinger ängstlich.

Sorge schwieg eine Minute, die Hirschinger wie eine kleine Ewigkeit vorkam.

»Warum sollten wir dich ausgerechnet vor deinem eigenen Killer schützen?«, sagte Sorge dann und blickte Hirschinger direkt in die Augen. »Mit welcher Begründung sollte ich so etwas bei uns denn durchkriegen? Dich vor so einem Kerl zu schützen, solltest du bei deiner Erfahrung wirklich alleine schaffen. Wenn ich mich recht erinnere, bist du bei der Gesellschaft für Sport und Technik immer einer der besten Pistolenschützen gewesen. Hast du das etwa alles verlernt?«

Hirschinger zeigte keinerlei Reaktion. Sorge spürte, wie er sich mehr und mehr in die Enge getrieben fühlte. Er fand es an der Zeit, dem Studienfreund von einst und Gegner von heute einen Deal zu unterbreiten; einen Deal, den er nicht ausschlagen können würde. Sorge, scheinbar tief in Gedanken versunken, schwieg erneut quälend lange. Dann straffte er sich.

»Ich hab da eine Idee«, sagte er überzeugt. »Wir könnten dich in der Leuna-Affäre bei Europol als Kronzeugen vorschlagen, und zwar in den Ermittlungen gegen euren Boss, den ihr die ›Lageristin‹ nennt. Mit deiner Hilfe könnten wir herausfinden, wer sich dahinter verbirgt. Denk einmal drüber nach, warum die ›Lageristin‹ offenbar nicht nur an deinen schändlichen Drogen-Cocktails interessiert ist, sondern auf einmal auch an verschwundenen

Leuna-Akten. Auch deshalb ist Mao-Mao doch von ihr hierher an die Saale beordert worden. Denn dabei geht's schließlich um Milliarden.«

Hirschinger hockte in sich zusammengesunken in seinem Ledersessel. Es wirkte fast so, als wolle er sich darin verkriechen.

Heinrich Sorge, der unzählige solcher Gespräche geführt hatte, griff nun tief in die Trickkiste und tat, als wolle er ihn aufmuntern:

»Nun lass dir doch davon den Tag nicht verderben! Gegen so eine Verstimmung hast du doch in deiner Apotheke genügend Pillen. Das wird schon alles wieder. Schließlich hast du ja keinen Mord begangen.« Sorge stand von seinem Sessel auf. »Wir sehen uns.«

Jetzt gehe es nur noch darum, das Eisen zu schmieden, solange es heiß ist, lautete Mirjam Wrangels Antwort auf Sorges Schilderungen über seinen Besuch in Hirschingers Apotheke.

»Also, werden wir im Auftrag des leitenden Oberstaatsanwaltes, denn so etwas macht bekanntlich ganz besonders Eindruck, eine Hausdurchsuchung bei ihm durchführen. Sowohl in seiner Wohnung als auch in seiner Apotheke. Und zwar mit der gesamten Kavallerie. Das wird sogar Hirschinger einschüchtern.« Mirjam hielt kurz inne: »Ah, wir haben sogar einen triftigen Grund, seine Räumlichkeiten nach etwas ganz Bestimmten zu durchforsten: nämlich nach einem schnell wirkenden Pfeilgift. Die Brandenburger Polizei hat uns mitgeteilt, dass am Wochenende in einem Wolfsgehege in der Schorfheide ein nackter Toter gefunden wurde. Man muss die Leiche über den Zaun geworfen haben. Die Wölfe hatten sie überhaupt nicht angerührt – schließlich werden sie täglich gefüttert. Also konnten die Brandenburger die Leiche problemlos obduzieren. Das Ergebnis: Ein Einstich in die Schlagader und im Körper Spuren eines seltenen Giftes. Über die Identität des Toten ist noch nichts bekannt. Aber vielleicht finden wir dieses Gift ja auch in der Paracelsus-Apotheke. Würde mich nicht überraschen. Ich weiß, das klingt fürs Erste alles arg weit hergeholt – aber warum sollten wir nicht auch mal Glück mit unseren Indizien haben?«

Tom und Hannah hatten gleich nach dem Frühstück im *Hotel Rebschule* ihre Sachen zusammengerafft und den erstbesten Zug nach Halle genommen. Seit Mirjam Wrangels Anruf war Tom sehr erregt. Die Verhaftung Mao-Maos ließ ihm keine Ruhe. Würde das auch für ihn endlich den Durchbruch bei seinen Recherchen in Sachen Leuna bedeuten?

Hannah, die sich ja ein paar Tage frei genommen hatte, kam noch mit in Toms Wohnung am Hallmarkt. Gemeinsam warteten sie auf Jakob, der sich angekündigt hatte.

»Warum bist du eigentlich wie ein Besessener hinter dieser Leuna-Affäre her?«, fragte Hannah. »Hinter einer alten Sache, die kaum noch jemanden interessiert. Was bedeutet sie ausgerechnet dir?«

Tom sah sie völlig erstaunt an. Danach hatte ihn noch nie jemand gefragt. Und er selbst hatte sich das nie so genau bewusst gemacht.

»Begonnen hat diese Geschichte für mich mit dem Fall der Mauer.« Die Worte kamen nur langsam aus ihm heraus. »In meiner damaligen Brüsseler Behaglichkeit glaubte ich noch allen Ernstes, der Kapitalismus könne so etwas wie der Halbbruder der Demokratie sein. Doch dann fielen die Kapitalisten aus aller Welt über die frühere DDR her, und zwar in einer Rücksichtslosigkeit, die mich rasend gemacht und uns alle eines Besseren belehrt hat. Es ging den Siegern aus dem Westen nämlich gar nicht um Demokratie, es ging ihnen ausschließlich um Macht und Kontrolle. Also um Gewinne. Am Beispiel der mitteldeutschen Chemieunternehmen, der Buna-Werke, der Leuna-Werke und des Chemiekombinats Bitterfeld, zeigte sich mir das am allerdeutlichsten. Ich wurde zuerst darüber wütend, dann furchtbar traurig. Zumal nichts ohne sogenannte Kollateralschäden abging. Dabei wurde mir bald klar, dass es schwierig sein würde, so etwas auch zu beweisen. Erst recht nicht der Treuhand oder irgendwelchen Treugebern. Wie auch? Auf einmal fehlten Daten. Oder Angaben erwiesen sich als plumpe Fälschungen. So kursieren bis heute jene falschen Informationen, die zur Grundlage einer neuen Idee, nämlich einer kapitalistischen Geschäftsidee wurden. Die sich dann zum Raubtierkapitalismus ausgewachsen hat.« Tom hatte sich in Rage geredet und atmete tief durch. »Eine Idee, die hoffentlich bald scheitern wird.«

»Aber darüber willst du doch nicht ernsthaft in *Brussels Background* schreiben?«, fragte Hannah bestürzt. »Damit bringst du dich doch in große Gefahr.«

Tom überging ihren letzten Satz und grinste sie an. Mit diesem unverschämten Gesichtsausdruck hatte er schon zu DDR-Zeiten die Oberen gegen sich aufgebracht: rotzfrech, bewusst provokant und eine Spur zu arrogant.

»Natürlich werde ich das alles aufschreiben, denn alle Unterlagen über das Chemiedreieck im Bezirk Halle galten wegen ihrer bedrohlichen Umweltdaten zu DDR-Zeiten als ›geheime Verschlusssache‹. Warum immer noch lieber geschwiegen wird, als darüber in der Öffentlichkeit aufzuklären, will ich herausfinden. Und Jakob Salomon hilft mir dabei«, erläuterte Tom.

»Nur, um Licht in diese Sache zu bringen, bist du doch nicht nach Hause gekommen. Dahinter steckt doch noch etwas anderes. Und das verschweigst du mir«, bohrte Hannah weiter. Sie wollte sich mit Toms Antwort nicht zufriedengeben.

Tom überlegte, inwieweit er Hannah einweihen konnte, ohne sie zu gefährden. Er erzählte ihr, dass ein Informant in Sachen Leuna in Toms Brüsseler Wohnung auf ähnliche Weise ermordet worden sei wie die Paracelsus-Apothekerin Montag vergangener

Woche hier in Halle. Inzwischen hätte die hallesche Polizei aber jemanden gefasst, auf den auch das Brüsseler Täterprofil passen könnte.

»Dann ist die Gefahr ja gebannt«, strahlte Hannah.

»Nur scheinbar.« Tom schüttelte den Kopf. »Denn dieser Mann ist ein Berufskiller, der für viel Geld Auftragsmorde ausführt. Wenn er es nicht erledigt, wird ein anderer Killer beauftragt. Außerdem kann ich mir immer noch nicht erklären, wie der Mord an meinem Informanten in Brüssel mit dem an einer Apothekerin in Halle zusammenhängen könnte. Wo gibt es eine logische Verbindung? Ich sehe jedenfalls keine Gemeinsamkeiten.«

Es klingelte an der Haustür, und das Gespräch wurde unterbrochen. Kurz drauf stürzte Jakob zur Tür herein und begann ohne Umschweife zu erzählen.

Er sei bereits bei Dr. Henrixdorff im Bergmannstrost gewesen, doch das Gespräch sei wie erwartet erfolglos verlaufen. Der Mann verschanze sich hinter seiner ärztlichen Schweigepflicht. Außerdem sei er sich sicher, dass der Arzt früher entsprechende Hinweise für die Staatssicherheit verfasst habe.

»Ich habe dafür zuverlässige Quellen, doch was davon nach 1989 an die französischen und amerikanischen Arbeitgeber gelangt ist, weiß ich nicht. Das werde ich auch nicht herausfinden.« Wegen des kranken Chemiearbeiters, kam Jakob dann auf Paul Möbius zu sprechen, habe er sich mit dem Diakoniewerk in Verbindung gesetzt. Die würden sich dort seiner annehmen. Und auch Jakobs Sarah-Kirsch-Gesellschaft wollte dem alten Mann weiterhin unter die Arme greifen.

»In deinen Artikeln«, beschwor Jakob Tom nochmals, »darfst du niemals seinen Namen nennen oder sonst irgendwie seine Identität preisgeben. Nicht mal andeutungsweise. Denn wir müssen ihn schützen, zumal wir nicht wissen können, wer noch heute Details aus der giftigen Vergangenheit der Region vertuschen will, als die DDR noch mit Parolen wie ›Chemie bringt Brot, Wohlstand und Schönheit‹ warb. Und vor allem aus den wilden Jahren nach der Wende, in denen der eine oder andere eine höchst zweifelhafte Rolle bei der Abwicklung schmutziger Geschäfte gespielt hat.«

Tom war klar, dass er mit unüberlegten Formulierungen nicht nur seinen Zeugen in Gefahr bringen könnte, er wusste auch, dass er sich damit zugleich die Wege zu weiteren Recherchen verbauen würde.

»Nach der Wende ist durchaus etwas von den Gefahren ans Tageslicht gekommen, die das MfS zu DDR-Zeiten lieber geheim hielt. Etwa eine Explosion im Buna-Werk im Jahr 1985, die drei Todesopfer gefordert hat«, erzählte Tom. »Oder ein Störfall in Leuna, bei dem es nach dem Bruch einer Stickstoffleitung zehn Verletzte gegeben hat. Insgesamt mehrten sich die Havarien über die Jahre, und weil sich trotz Lohnerhöhungen immer weniger Arbeiter fanden, die sich den miserablen Arbeitsbedingungen in der Chemieindustrie aussetzen wollten, verpflichtete der Staat ab 1968 Strafgefangene. Auch hier starben mindestens zwei Häftlinge in der Bitterfelder Chlorchemie an Quecksilbervergiftung. Auf diese Informationen baue ich mit meinen Recherchen auf.«

»Alles richtig«, antwortete Jakob. »Doch du solltest nicht vergessen zu erwähnen, dass jene Unternehmen, die nach der Wende mit den mitteldeutschen Chemiekombinaten auf die Schnelle Geld scheffeln wollten, wohl auch nicht in erster Linie auf die Gesundheit der von ihnen beschäftigten Arbeiter geachtet haben.«

»Apropos Gesundheit der Arbeitenden«, rief Hannah aus der Küche. »Ich habe uns etwas zu essen gemacht.«

Was es denn geben würde, fragten Tom und Jakob einstimmig.

»Tote Oma«, rief Hannah. »Kennt ihr bestimmt noch von früher aus der Schulküche.«

Die beiden Männer gingen in die Küche, wo Hannah bereits

den Tisch gedeckt hatte und nun dabei war, gebratene Blutwurstscheiben mit grünem Speck und Zwiebeln auf große Teller zu schaufeln.

»So«, sagte sie lachend, »meine Tote Oma ist natürlich mit Salz, Pfeffer, Majoran und Thymian gewürzt! Und dazu gibt es noch einen ordentlichen Kartoffelbrei. Setzt euch und lasst es euch schmecken!«

Maurice Hirschinger war längst klar geworden, dass irgendjemand versucht hatte, hinter das Versteck seines geheimen Labors bei Pößneck zu kommen. Doch von wem hatte dieser Jemand einen so deutlichen Tipp erhalten? Von der »Lageristin«, direkt aus Brüssel? Nein, das wollte er sich noch nicht einmal in seinen schlimmsten Träumen ausmalen. So etwas wäre ja Verrat an der eigenen Sache! Und wer sollte dann der Verräter gewesen sein? Mao-Mao? Er war nach Halle geschickt worden, um die langjährige Pillendreherin in der Paracelsus-Apotheke aus dem Weg zu räumen, damit sie nicht hinter Hirschinger herschnüffeln konnte. Dieser Gedanke war also ein Irrweg. Aber wer käme dann in Frage? Womöglich Karla? Ausgerechnet seine treue Seele Karla Lieberknecht, die das Volleyballspiel aufgegeben hatte und für ihn das Giftmischen gelernt hatte? Aber warum? Wie wollte sie denn ganz allein seine berüchtigten Drogen-Cocktails weiterentwickeln? Für so etwas fehlte ihr ganz einfach das wissenschaftliche Rüstzeug. Aber dennoch, schoss es Hirschinger durch den Kopf, sollte er Karla nicht mehr alles so arglos anvertrauen wie bisher. Vor allem nicht seine Zukunftsvisionen.

Im Offizin drehte Karla gerade einem ohnehin schon viel zu dünnen Mädchen mitfühlend ein Nahrungsergänzungsmittel an, von dem sie ganz genau wusste, dass dessen Einnahme für die Katz war, als Heinrich Sorge an der Spitze eines Trupps uniformierter Beamter die Paracelsus-Apotheke in Beschlag nahm.

»Hausdurchsuchung«, knurrte er, hielt den Durchsuchungsbeschluss hoch und bugsierte das Mädchen aus dem Raum.

Karla ging ohne eine Miene zu verziehen um die Verkaufstheke herum, schloss die Eingangstür ab und hängte das »Geschlossen«-Schild von innen an die Tür. Als sei nichts geschehen, stellte sie sich wieder wortlos hinter ihre Theke und ließ die Beamten machen.

Von Hirschinger fehlte jede Spur, und nach anderthalb Stunden, als sie jedes noch so harmlose homöopathische Mittel erfolglos untersucht hatten, lächelte Heinrich Sorge Karla Lieberknecht zum ersten Mal an.

»Nun, Genossin Doris Zeller, so hießen Sie doch in der DDR? Also, Frau Zeller, wo verbergen sich Ihre Giftmischungen? In welchem Versteck lagern Ihre internationalen Todesbringer?«

Karla lächelte zurück, ein wenig wie in Trance.

»Ich bin das Versteck, Professor Sorge.« Sie taumelte und krallte sich an der Verkaufstheke fest. »Mich kriegen Sie nicht, Sie verdammter Judas«, sagte sie mit letzter Kraft und fiel zu Boden.

»Ruft einen Arzt und einen Krankenwagen, aber schnell«, brüllte Sorge.

Plötzlich erregte sich hinter der Milchglastür Tumult.

»Hier unten gibt es eine Art Durchreiche, wohl für Lieferanten gedacht«, rief einer der uniformierten Beamten aus dem Lagerraum, der vom Hinterzimmer der Apotheke aus zu erreichen war. »Sie steht offen, weil sie von außen nicht geschlossen werden kann.«

Sorge erfasste die Situation gleich und schlug sich mit der flachen Hand wütend gegen die Stirn:

»Wenn die Wrangel erfährt, dass Hirschinger uns entwischt ist, bringt sie mich um.«

10

In dem von der Straße nicht einsehbaren Hof der Paracelsus-Apotheke hatte sich Hirschinger seines weißen Kittels entledigt, hatte ihn zusammengeknüllt, das Bündel in eine dunkle Hofecke geworfen und war zügig, keinerlei Aufsehen erregend, zum Hansering hinaufgeschritten. Er wusste, da standen den ganzen Tag über genügend parkende Autos. Er sah sich um – an diesem Nachmittag befanden sich kaum Fußgänger in der Nähe. Fast gegenüber dem Landgericht, einem prachtvollen Monumentalbau mit zwei eindrucksvollen Ecktürmen, stand ein älterer Audi Quattro, versehen mit Stendaler Kennzeichen. Dunkelblau. Gepflegt. Ideal für Teil eins seiner geplanten Flucht. Hirschinger, im Öffnen verschlossener Autotüren erfahren wie ein professioneller Autodieb, fuhr im Nu auf und davon, freilich ganz gemächlich, um nicht aufzufallen. Dass die Fahndung nach ihm bereits lief und sehr bald bundesweit ausgedehnt würde, konnte er sich denken.

Also gab er erst auf der Autobahn nach Magdeburg erbarmungslos Gas. Um am Ziel schnurstracks den Magdeburger Hauptbahnhof anzusteuern. Dort stellte er den Wagen sorgfältig auf den Parkplatz in der Maybachstraße und blickte auf seine Uhr: 16.50 Uhr. Als er endlich, ein wenig atemlos, im Zug saß, der sich um 17.09 Uhr nach Berlin bewegte, klopfte er sich erstmal innerlich auf die Schulter: Gut gemacht, Alter! Zum Glück war er umsichtig genug gewesen, alle seine gefälschten Pässe sowie zehntausend Euro Bargeld im sogenannten Giftschrank der Paracelsus-Apotheke zu deponieren – und nicht daheim. Denn dorthin hätte man ihm mühelos den Weg abschneiden können. Aber so hatte er alles in den geräumigen Taschen seines grauen Parkas verstauen können.

In Berliner Hauptbahnhof angekommen, stürmte er geradewegs ins erste Untergeschoss zu den Autovermietungen. Dort legte er einen gefälschten französischen Pass sowie den entsprechenden Führerschein vor und führte das Gespräch gekonnt in einem elsässischen Tonfall. Er schaute auf seine Uhr. Es war jetzt gegen neunzehn Uhr. Er sah sich vorsichtig um. Nein, niemand schien ihm gefolgt zu sein.

Erleichtert ließ sich Hirschinger auf einen schnellen Audi ein und machte sich damit auf den Weg zur Ostsee. Im Radio hörte er die Usedomer Kulturangebote für den Abend: In Zinnowitz, wurde ihm vom NDR empfohlen, könne er sich bei einer Kriminalkomödie entspannen. Inhalt: Ein tölpelhafter Profikiller bringt sich ständig selbst in Gefahr. Also doch nicht zur *Alten Tischlerei* nach Karlshagen bei Peenemünde, korrigierte Hirschinger seinen ursprünglichen Plan. Irgendwie kam ihm dieser Radio-Hinweis vor wie ein Wink mit dem Zaunpfahl. Vielleicht, riet ihm sein Bauchgefühl, wäre es doch keine so gute Idee, in Deutschland zu übernachten. Gerade nachdem, was sich alles ereignet hatte.

Also brauste er weiter und passierte hinter Ahlbeck die kaum wahrnehmbare deutsch-polnische Grenze, um erst in Swinemünde wieder anzuhalten, direkt vor dem *Hotel Marisol.* Das hatte also geklappt. Würde jetzt in Deutschland nach ihm gefahndet werden, war es halb so schlimm – in Polen fühlte er sich fürs Erste sicher. Er war bester Stimmung, so dass ihm auch das späte Nachtessen – pikante polnische Gewürzheringe, serviert mit allem drum und dran – hervorragend mundete. Und erst recht die drei Żubrówka zur Verdauung.

Doch in der Nacht suchte ihn ein Alptraum heim: Er stieg aus einem Fahrstuhl, um in sein Hotelzimmer zu gelangen, fand sich aber stattdessen unvermittelt in einem winzigen fensterlosen Raum wieder, dessen Wände aus vier Türen bestanden. Hirschinger öffnete die erste, dahinter befand sich eine Mauer. Er versuchte es an der Tür daneben. Auch dahinter versperrte ihm eine Mauer den Weg nach draußen. Die dritte Tür aus Stahl ließ sich gar nicht erst öffnen. Also beschloss er mit dem Fahrstuhl wieder hinunterzufahren. Doch auch hinter der ersten Tür versperrte ihm nun auf einmal eine Mauer den Weg in die Freiheit. Hirschinger überfielen heftige Krämpfe in beiden Beinen. Vom Schmerz erwachte er endlich. Mühselig rollte er sich aus dem Bett, sein Pyjama, noch am Berliner Hauptbahnhof nebst einem Bündel Wäsche und zwei Hemden erworben, war vom Schweiß durchtränkt.

Hirschinger blickte auf den Radiowecker: 6.12 Uhr. Ohnehin längst Zeit zum Aufstehen. Gut rasiert, mit einem frischen Hemd unter seinem grauen Anzug, frühstückte er: ruhig, nicht zu hastig, schon um nicht aufzufallen. Aber auch, um nachzudenken.

Dann checkte er aus und startete gen Gdynia an der Danziger Bucht. Dort rollte er auf die Autofähre nach Karlskrona in Schweden, wo er nach der Ankunft seinen deutschen Leihwagen einfach am Straßenrand abstellte. Von einem vorbeikommenden Taxi ließ er sich zu einem kleinen Hotel bringen, das weit außerhalb der Stadt lag. Dort trug er sich mit einem gefälschten deutschen Reisepass ein. Dann wechselte er die SIM-Karte in seinem Handy aus und drückte eine Kurzwahltaste. Seine Mitteilung, ohne jede Begrüßung, klang wie ein verabredeter Code:

»In zwanzig Minuten, in der Lobby.«

Die blonde Frau im eleganten Kaschmirmantel lächelte ihm schon von weitem hinter ihrer Goldrandbrille zu, um ihn wie einen Bekannten aus alten Zeiten zu begrüßen: erst mit einem Küsschen links, dann mit einem Küsschen auf die rechte Wange.

Mirjam las Heinrich Sorges Protokoll immer und immer wieder von neuem durch. Dann schüttelte sie verärgert ihren schwarzen Pagenkopf. Ein Gedanke ließ sie einfach nicht los: Irgendetwas stimmte hier doch nicht. Dann sprang sie, als habe sie die sprichwörtliche Tarantel gestochen – von ihrem Schreibtischsessel auf und raste von einer Zimmerecke in die andere. Hin und her. Dabei ballte sie ihre Fäuste und atmete tief durch. Schließlich begann sie langsam rückwärts zu zählen: Sechzig, neunundfünfzig, achtundfünfzig – bis sie bei eins angekommen war. Wieder zu sich gekommen, setzte sie sich an ihren Schreibtisch und schlug ihre kleine schwarze Kladde auf. Ja, was sollte sie denn nun notieren?

Dass Heinrich Sorge bei der Durchsuchung der Apotheke nicht jede Minute – und davon waren immerhin neunzig vergangen – an jeder Ecke und in jedem Winkel zugleich sein konnte? Dass keiner der ihm zugeteilten Beamten den Lagersausgang gesichert hatte? Dass das gesamte Kommando nicht bemerkt hatte, wie sich Karla Lieberknecht alias Doris Zeller selbst ihr tödliches Gift verabreicht hatte, und wie gelähmt gewesen war, als sie Sorge mit letzter Kraft anbrüllte: »Mich kriegen Sie nicht, Sie verdammter Judas.« Ja, wer hätte der Dame Lieberknecht-Zeller diese allerletzte Verzweiflung nicht abgenommen? So ein dramatischer Auftritt packte doch jeden noch so hartgesottenen Polizisten.

Allmählich verflog Mirjams Ärger und sie konnte wieder einige logische Gedanken fassen: Was wäre eigentlich, wenn Hirschingers Gehilfin die gesamte Truppe, einschließlich des noch immer bestürzten Heinrich Sorge, getäuscht hätte? Wenn sie allen Anwesenden eine bühnenreife Vorstellung ihres eigenen Todes geliefert hätte? Dann hätte sie Hirschinger auf seiner Flucht noch ein wenig mehr Zeit verschafft. Und sie selbst?

Sie wurde von dem eintreffenden Rettungswagen mit Martinshorn und Blaulicht ins Bergmannstrost gefahren. Dr. Henrixdorff, der wie zufällig am gestrigen Tag in der altehrwürdigen

Klinik den Notdienst versah, vermochte nach intensiver Untersuchung und Beratung mit verschiedenen Fachkollegen nur noch den Tod der Apothekergehilfin festzustellen. Als Todesursache schrieb er in seinen Untersuchungsbericht: »Batrachotoxin, ein klassisches Pfeilgift. Wirkt in wenigen Minuten. Äußerst selten in Mitteleuropa. Ein Gegengift ist bis heute nicht gefunden worden.«

Eine Obduktion, hatte Henrixdorff noch hinzugefügt, erübrige sich demnach. Ein Satz, der Mirjam überaus irritierte und um den ihre Gedanken fortwährend kreisten.

Es klopfte leise an der Tür, und Heinrich Sorge betrat das Büro. Während sich der studierte Chemiker auf eine unangenehme Auseinandersetzung mit der ohnehin meist unduldsamen und oft unbeherrschten Staatsanwältin gefasst machte, ging diese zwar, wie von ihm vermutet, sofort vehement, aber betont sachlich zu jenen strittigen Punkten über, die eventuell Licht in diese undurchsichtige Angelegenheit bringen konnten.

»Sagen Sie mal, Sorge«, begann sie das Gespräch in einem für sie ungewohnt vertraulichen Ton, »woher nehmen wir eigentlich die Gewissheit, dass es sich bei der bereits per amtlichen Totenschein zur Bestattung freigegebenen Karla Lieberknecht alias Doris Zeller tatsächlich um den Leichnam ebendieser Frau handelt? Vielleicht hatte Henrixdorff, ich spekuliere jetzt mal ganz wild, ja bereits vorher eine andere Leiche mit diesem tödlichen Pfeilgift präpariert, und vielleicht hat sich Karla Lieberknecht, nach einem medikamentös verursachten kurzen Scheintod, längst auf jenen Weg gemacht, den sie gemeinsam mit ihrem Kompagnon Hirschinger zuvor ausgetüftelt hatte.«

Sorge schüttelte verärgert den Kopf. Am liebsten hätte er geantwortet: Wir befinden uns doch hier nicht in einem Karl-May-Roman, sondern diskutieren über ein auf klaren Fakten beruhendes Polizeiprotokoll, gestützt auf Aussagen unserer Beamten. Stattdessen aber antwortete er ruhig, man habe zuvor weder Henrixdorffs noch Lieberknechts Vergangenheit durchleuchtet. Zu keiner Zeit.

»Wir wissen aber«, sagte er, »dass beide früher für das MfS gearbeitet haben. Wir wissen allerdings nicht, ob sie damals miteinander zu tun hatten. Vor allem wissen wir nicht, was sich nach der Wende abgespielt hat. Das werden wir auf der Stelle nachholen.«

Oberstaatsanwalt von Szolt hörte sich Mirjams Erörterungen an, ohne sie ein einziges Mal dabei zu unterbrechen. Dann gab er ihr minutiös vor:

»Erstens verhören wir sofort Henrixdorff, und zwar im Beisein zweier von unseren Gerichtsmedizinern. Sonst erzählt uns dieser Mann noch, im Himmel sei Jahrmarkt oder was weiß ich nicht alles. Zweitens lassen wir die von ihm als Karla Lieberknecht zur Bestattung freigegebene Leiche in seinem Beisein obduzieren. Drittens werden Sie die Suche nach Hirschinger mit Hilfe von Interpol unverzüglich auf ganz Europa ausdehnen. Viertens müssen wir davon ausgehen, dass der von Ihnen in der *Alten Eiche* in Pößneck erschossene serbische Killer wohl in der Tat im Auftrag einer gegen Hirschingers Drogenlabor konkurrierenden Organisation gehandelt hat. Dahinter stecken ein deutsches, ein schweizerisches und ein französisches Unternehmen. Aber das bekommen Sie alles noch in allen Einzelheiten per Protokoll auf Ihren Tisch. Fragen Sie mich jetzt bitte nicht, wie wir das herausgefunden haben. Nicht allein, versteht sich. Die Kollegen von Interpol waren auch nicht untätig. Alles weitere später.«

»Und was wird die Öffentlichkeit von alledem erfahren?«, fragte Mirjam skeptisch.

Von Szolt lächelte, für Mirjams Geschmack ein wenig zu spöt tisch.

»Nur das, was unsere Ermittlungen in Sachen Leuna nicht stören wird«, sagte er dann. »Das betrifft in erster Linie die Ihrigen,

Verehrteste. Wir werden aber ohne Not öffentlich machen, dass ein gewisser Henryk Janssen unter Verdacht steht, die langjährige Apothekerin der Paracelsus-Apotheke ermordet zu haben. Wir werden darüber hinaus bekanntgeben, dass dieser in der Unterwelt nur Mao-Mao genannte Janssen außerdem mit einem Mord in Verbindung gebracht wird, der vergangenen Februar in Brüssel geschehen ist. Dass aber, solange die Ermittlungen in Halle gegen ihn laufen, er bei uns in Untersuchungshaft bleibt. Erst dann können wir ihn nach Belgien ausliefern.«

Das alles verkündete tags darauf im thüringischen Tonfall ein fast jugendlich wirkender Sprecher der Staatsanwaltschaft, der in seinem zerknitterten dunkelblauen Anzug wie verkleidet wirkte. Tom lenkten Dialekt und Erscheinungsbild beinahe vom abgelesenen Inhalt der formelhaften Presseerklärung ab. Mehr, fügte der Thüringer im zerknitterten Outfit am Schluss seiner dreiminütigen Verlesung an, habe er nicht zu sagen. Er stand abrupt auf und überließ die verdutzte Journalisten-Schar sich selbst.

Tom lief durch den Oktoberregen hinunter *Zum Schad,* einem Gasthof gleich neben dem Händel-Haus, bestellte sich ein großes Glas kräftigen Rotwein aus Freyburg und rief Jakob an.

»Heute gibt es hier Grillhaxe, es ist demnach, schreiben sie jedenfalls hier in ihrer Speisekarte, sogenannter Männertag. Außerdem muss ich dir noch einiges aus einer fast schon obskuren Pressekonferenz erzählen.«

Jakob kam zehn Minuten später und bestellte ein Gulasch vom Pferd – im *Schad* eine begehrte Spezialität.

»Wer's mag …«, kommentierte Tom und berichtete Jakob dann, dass der Sprecher der Staatsanwaltschaft in dürren Sätzen eine Verbindung zwischen dem Mord an der Apothekerin in Halle und dem an dem Bonner Ex-Offizier in Brüssel angedeutet habe.

»Damit lagst du also richtig mit deiner Vermutung. In irgendeiner Weise scheinen ja wohl beide Morde mit deinen Leuna-Recherchen zusammenzuhängen, und damit auch mit dem alten Chemiearbeiter. Wir müssen Möbius' chronischen Krankheiten auf die Spur kommen, wenn wir ihm wirklich helfen wollen.«

Tom und Jakob stießen mit einem Krug Bier an.

»Dann erzähl mal, was dich in dieser Sache am meisten umtreibt«, nahm Tom den Faden wieder auf, nachdem sie gegessen hatten.

Doch Jakob mochte im *Schad* nicht darüber sprechen. Also zahlten sie und gingen in Jakobs Büro in der Großen Märkerstraße.

»Hier habe ich die Akten, hier stört uns keiner und hier kann uns vor allem niemand zuhören«, begann Jakob seine Erläuterungen. »Wir wissen bisher nicht, ob unser Schützling bei seinen vielen Krankenhausaufenthalten nicht auch als ›Versuchskaninchen‹ für klinische Studien missbraucht wurde. Denn so etwas steht natürlich nicht in einer Krankenakte.«

Jakobs gesammelte Akten bestätigten, dass westliche Pharmakonzerne in der DDR in Einzelfällen sogar tödliche Arzneimitteltests an etwa fünfzigtausend Patienten beauftragt hatten. In mehr als fünfzig Kliniken der DDR sind über viele Jahre hinweg rund sechshundert Medikamentenstudien für den Klassenfeind durchgeführt worden sein – ein Skandal.

»Bis zum Mauerfall«, ergänzte Jakob sein Aktenwissen, »könnten hochgerechnet bis zu sechzigtausend, vielleicht sogar bis zu siebzigtausend Testpersonen für Psychopharmaka und Herzmedikamente missbraucht worden sein. Die meisten von ihnen – selbstredend – ohne deren Wissen und somit auch ohne deren Einverständnis.«

Die Einverständniserklärungen hätten anstelle der Patienten meistens die Ärzte unterschrieben. Ein lohnendes Geschäft, zumal die Konzerne bis zu achthunderttausend Westmark pro Studie bezahlt hätten.

»Eine einträgliche Schurkerei, an der wahrscheinlich auch der eine oder andere Arzt in der DDR gut verdient hat«, schimpfte Jakob.

»Und was war mit all den Menschen, die als chronisch Kranke in ein solches Programm hineingeraten sind? Also auch mit jenen, die in den maroden mitteldeutschen Chemieunternehmen ohnehin schon ein schweres Leben hatten?«, dachte Tom laut nach.

»Die sind als ›Versuchskaninchen‹ eben ganz besonders gefährdet gewesen«, antwortete Jakob.

»Wir müssen sehen, ob Paul Möbius uns noch weitere Erkenntnisse liefern kann. Auch über Ärzte, die diese schmutzigen Tests mitverantwortet haben. Ärzte, die noch heute um ihren Ruf bangen müssten«, sinnierte Tom.

»Ärzte wie der barmherzige Henrixdorff«, führte Jakob Toms Gedanken weiter. »Ich würde meine Hand dafür ins Feuer legen, dass der Mann nicht ganz koscher ist. Henrixdorff hat sicher gewusst, was – und zwar bis heute – alles an Giftmüll unter den Kombinaten Leuna, Buna, Bitterfeld oder Teutschenthal lagert, und wäre auch jetzt noch ein idealer Informant für westliche Pharmakonzerne.«

Als Tom am nächsten Vormittag im Bergmannstrost anrief, um mit Henrixdorff einen Untersuchungstermin zu vereinbaren – »Ich bin einer seiner Gallenblasenpatienten« – wurde er an den diensthabenden Oberarzt verwiesen. Dr. Henrixdorff, der wegen seines fortgeschrittenen Alters in den letzten Jahren ohnehin nur noch ausgeholfen habe, sei nicht mehr im Hause beschäftigt. Dann werde er ihn daheim besuchen, kündigte Tom an.

»Da werden Sie wohl kaum Glück haben«, antwortete der Oberarzt. »Der Kollege Henrixdorff hat sich schon sein ganzes Berufsleben auf einen ruhigen Lebensabend in Chile vorbereitet. Nun hat er von heute auf morgen die lang geplante Reise nach

Südamerika angetreten. So konnten wir hier in der Klinik noch nicht einmal eine Abschiedsfeier für ihn geben.«

Auch Mirjam Wrangel hatte eine ähnliche Auskunft vom Krankenhaus erhalten, während Heinrich Sorge zusammen mit einer halben Kompanie uniformierter Polizisten in Henrixdorffs kleinem Häuschen, weit hinter der Dölauer Heide, neben der eingebauten Küche nur noch ein sorgfältig gemachtes Bett sowie einen nahezu leeren Kleiderschrank vorfand.

»Also werden wir die Obduktion von Karla Lieberknecht ohne Henrixdorffs Beisein durchführen müssen«, kündigte Mirjam das weitere Vorgehen an.

Als sie die Kühlzelle öffneten, lag dort nicht wie erwartet Karla Lieberknecht – sondern Dr. Jonas Henrixdorff. Er hatte sich mit dem Pfeilgift Batrachotoxin selbst eingeschläfert, wie die Gerichtsmediziner nachwiesen, und Karla hatte ihn wohl zur letzen Ruhe gebettet, bevor sie sich auf und davon gemacht hatte.

»Wieder ein Zeuge weniger«, kommentierte Sorge lakonisch die neue Lage.

Oberstaatsanwalt von Szolt nickte nur, als ihm Mirjam die Nachricht von Henrixdorffs Selbsttötung überbrachte.

»Ach, wissen Sie, Verehrteste, trotz allem hat sich für uns alles doch zum Besten gewendet: Henrixdorff hat sich selber gerichtet, also müssen wir das nicht mehr tun; Mao-Mao befindet sich in Haft, und das wohl für den Rest seines Lebens; Hirschingers geheimes Labor in Pößneck wiederum konnten wir dank Sorges verdeckten Ermittlungen vernichten. Hirschinger selbst ist wohl mit seiner getreuen Karla im Gefolge auf der Flucht. Doch die beiden bereiten mir keine großen Sorgen mehr. Denn im Grunde sind sie so gut wie tot. Meine Erfahrung sagt mir, dass die im einstigen Jugoslawien geschulten Profikiller, die für Hirschingers Konkurrenten aus der Pharmaindustrie arbeiten, schneller und konsequenter als unsere Kollegen von Interpol sein werden.«

Es war Freitagnachmittag, und Tom wollte dieses Wochenende mit einem Abendessen für Hannah, Mirjam und Jakob einläuten.

»Diesmal«, eröffnete Tom ihre Zusammenkunft, »habe ich etwas aus meiner zweiten Heimat Belgien gekocht. Und zwar etwas, was man an der Saale eher selten isst: nämlich Lamm.«

Bei einem Dry Martini, also Gin mit Wermut, erklärte Tom seinen Gästen, dass er die Lammschulter in Rapsöl von beiden Seiten schön braun angebraten habe. Dann habe er abgeriebene Limettenschale, zwei kleingeschnittene Zwiebeln und reichlich zerhackten Knoblauch dazugegeben und schließlich alles mit einer guten Flasche Rotwein und ein wenig Limettensaft abgelöscht. Anschließend habe er alles gesalzen und gepfeffert, und – ganz nach Brüsseler Art – noch Zimt und Senfpulver beigefügt. Das alles hätte, unter mehrmaligem Wenden, dann fast zwei Stunden lang sanft geschmort, bevor er einen kleingewürfelten halben Apfel und ein Glas Pflaumensaft dazugegeben habe.

»So«, sagte Tom nach einer zweiten Runde Martini, »jetzt hat alles noch mal eine halbe Stunde sanft vor sich hingeköchelt, und zwar mit etwas Sahne, versteht sich. Jetzt, Hannah, kannst du mir bitte helfen, alles aufzutragen.«

Es sagte allen zu, sogar das ungewohnte dunkle Krustenbrot schmeckte ihnen hervorragend – und natürlich der Spätburgunder, den Mirjam aus dem väterlichen Weingut von der Unstrut mitgebracht hatte.

»Mirjam, du hast ja wohl den Hauptteil deiner Ermittlungen erfolgreich zu Ende gebracht. Chapeau!« Tom gratulierte und hob sein Glas. »Anders verhält es sich mit meinen Leuna-Recherchen. Da stecken Jakob und ich jetzt erst richtig mittendrin. Möglicherweise kommen wir in dieser Sache wieder zusammen, Mirjam.«

Währenddessen war Hannah, die zu einer schlichten weißen Bluse knallenge rote Lederjeans trug, aufgestanden und hatte in der Küche, mit Toms italienischer »Höllenmaschine« Espresso gebrüht. Sie vermischte den Espresso mit kochender Sahne, gab kräftig Zucker hinein, verquirlte alles – und füllte in jede Tasse noch einen kräftig Schluck spanischen Brandy. Dann brachte sie die Kaffeekreationen auf einem Tablett ins Esstimmer.

»Worauf trinken wir denn jetzt?«, fragte Mirjam.

»Auf ein mitteldeutsches Kochbuch, das Tom und ich gemeinsam schreiben werden.« Hannah strahlte. »Den Titel haben wir schon: *Mörderisch lecker.*«